# 我住青旅

## 游中国

杨柳 著

北京航空航天大学出版社
BEIHANG UNIVERSITY PRESS

# 内容简介

　　85后女生杨柳在穷游中国的旅途中选择各地的青年旅舍作为安全便宜的栖息地。在本书中，她记录下了35家各具特色、风格迥异的青旅入住体验并进行中肯点评，同时勾勒了一个独自背包旅行的女生在路上的足迹，描绘了她所碰到的风景和形形色色的路人，并融入了她对爱情、旅行以及生命的思考与感悟。

　　她说，只有走在路上，经历破茧成蝶的过程，才会懂得，一个人的旅行是一场不能重来的青春盛宴……

**图书在版编目（CIP）数据**

我住青旅游中国 / 杨柳著 .-- 北京：北京航空航
天大学出版社，2015.6
　ISBN 978-7-5124-1770-0

　Ⅰ.① 我… Ⅱ.①杨… Ⅲ.① 游记 – 作品集 – 中国 –
当代 Ⅳ.① I267.4

中国版本图书馆 CIP 数据核字（2015）第 085342 号

**我住青旅游中国**

杨柳 著
策划编辑：谭 莉
责任编辑：周文慧
\*
北京航空航天大学出版社出版发行

北京市海淀区学院路37号（100191）http://www.buaapress.com.cn
发行部电话：(010) 82317024　传真：(010) 82328026
读者信箱：bhpress@263.net　邮购电话：(010) 82316936
北京尚唐印刷包装有限公司印装　各地书店经销
\*
开本：700×1000　1/16　印张：24　字数：270千字
2015年6月第1版　2015年6月第1次印刷
ISBN 978-7-5124-1770-0　定价：49.80元

有**百年**古宅，有**文艺**部落　　　　　　有江南**小院**，有西藏**驴窝**

# 前言

有朋友问我，为什么选择一个人去旅行？

就像陈绮贞在歌中唱到的那样，"你离开我，就是旅行的意义。"失恋，让我选择逃避，开启了一场孤单的旅行。而当我走在路上，看遍了沿途的风景和故事，享受到无拘无束的自由放逐，体会到在自然中与心灵对话的乐趣时，我才知道，我对于这种无牵无绊的旅行方式已经"上瘾"了。

然而，一个人旅行总有很多不安全的隐患，尤其是住宿。在机缘巧合下我结识了"国际青年旅舍联盟"，每天只须花费20-60元的低廉价格就能入住既安全又舒适的青年旅舍，这简直就是天大的好事！

于是，这一走，就是54000公里；这一住，就是全国各地35家风格迥异的青旅：无边沙漠里的敦煌风非沙青旅，在漫漫黄沙下的百亩果园里，让人感受与鸣沙山月牙泉同眠的幽静；蔚蓝湖边的泸沽湖青旅，特色的摩梭建筑，推开窗就能欣赏到湖天一色的迷人景致；茫茫草原上的那拉提青旅，绿林深处的田园人家，呼吸的每一口空气都是那么清新舒爽；皑皑雪山下的雨崩梅朵青旅，让人在清晨的第一缕曙光中见证日照金山的神奇；浩瀚大海边的三亚蓝天青旅，如海潮般的蓝色建筑，空气中仿佛弥漫着微咸的海的味道；幽幽古城里的丽江老谢车马青旅，纳西小院里的风和日丽，叫人不忍打扰这安静的时光；古都西安的七贤庄青旅，四四方方的关中四合院风格，感受着革命岁月里的铮铮脚步；千年平遥的郑家客栈，百年历史的明清建筑，让人静待岁月的流转……

与中规中矩的酒店不同，几乎每一家青旅都有着独特的个性和品位：拉萨东措、林芝渡口、西宁桑珠、飞来寺觉色滇乡、香格里拉青旅都是典型的藏式风格，藏式木楼、藏式火炉、藏式地毯、藏式图案，让人充分感受到藏族的热情和质朴；杭州明堂、乌镇紫藤、宁波李宅、绍兴老台门，是充满江南水乡情怀的优雅别院，花红柳绿、流水潺潺、雨湿窗台，那种古老怀旧的深宅中透出的慵懒和浪漫令人陶醉不已；

武汉探路者、北海海驿、兰州花儿、南京夫子庙，这些青旅中的墙体手绘涂鸦堪称一绝，精美漂亮，让人产生错觉，仿佛置身北京的798艺术工厂般流连忘返。

在青旅，你或许享受不到高级酒店那般细致周到的温馨服务，住在多人间，你甚至连洗漱用品都得自带，但是你却能用最低的价格感受到在封闭冷漠的酒店环境中无法想象的热情、快乐、自由和友情，热闹开放的公共区域、平等友好的交流方式、新颖妙趣的影音游戏、惹人怜爱的小猫小狗……这里的一切都让人有种莫名的亲切和归属感。

如果有缘，你还能在青旅结识一群志同道合的驴友，一起疯，一路玩。在西宁塔顶阳光，我认识了阿坤和空空，骑行青海湖的路上我们共同进退；在桑珠，我与慕容、王梓、史泰龙相约西藏纳木错之行，在圣湖边望着满天繁星发呆；在武汉探路者，热情友好的阿杜邀我和他们一起玩"杀人"游戏，两周后我们竟在西安七贤再次偶遇；在敦煌风非沙，我与玲儿和"小二货"相识，三人在沙洲市场一路疯癫搞怪，嘻嘻哈哈；在丽江老谢车马，认识了同屋的老蔡，我们互相打气完成了艰险的滇藏之行……这些人、这些事，都成了我生命中最难忘的回忆。

然而，在我入住的35家青旅中，并非所有青旅都是让人满意、交口称赞的，比如有的硬件设施极其糟糕，有的服务差劲、有的甚至出现坑蒙拐骗的不良作风，这些都令我大失所望。

因此，写这本书，也是希望能给每位读者在旅途中提供一点点帮助和参考，在选择入住前对每家青旅拥有一定的认识和了解。在书中，我根据当时入住的亲身体验和感受给出我对这35家青旅的点评和建议，也根据青旅的环境、交通、住宿条件、服务等因素作出综合对比，给出一星至五星的推荐指数（五星最高，一星最差）。

囿于笔拙，很多内容和故事自觉描述得不够精彩，但无论好坏，都诚挚地希望每位认真阅读此书的朋友们能从中收获一些有用的信息，这对我来说就足够了。

contents

# 目录

有**百年**古宅，有**文艺**部落
有江南**小院**，有西藏**驴窝**

# 目录 contents

有**百年**古宅，有**文艺**部落
有江南**小院**，有西藏**驴窝**

contents
# 目录

有**百年**古宅，有**文艺**部落
有江南**小院**，有西藏**驴窝**

# 我眼中的青年旅舍

说到青年旅舍，就不得不先说一说关于旅行的那些事儿。

在我看来，旅行和旅游是两个完全不同的概念，虽然只差一个字，却是谬以千里。旅游重的是一个"游"字，游玩、游乐、游戏，更多的是一个消遣和消费的过程，所谓"上车睡觉，下车尿尿，到了景点疯狂拍照，回家一问啥也不知道"。旅游更像是一种有钱人或者是怕麻烦的人的一种享受，一种只要花钱就能买到的服务。

而旅行则更加注重一个"行"字，行走、行动、苦行、远行、独行。旅行中的人不一定吃最好的、住最好的，也不一定去的景点是最多的，但是他们的心是最自由的，不受时间和他人约束。旅行者会在旅途中遇到很多志同道合的朋友，敞开心

平遥郑家客栈青旅，透着一股明清时期大户人家的气派和华丽

乌镇紫藤青旅的彩绘涂鸦

扉一起交流，他们把行走中的一切都视为人生的一种经历，一种体验，通过无拘无束的行走去感悟人生、思考未来。

青年旅舍便是在这样自由随性的旅行之中诞生的。

## 青年旅舍的由来及发展

早在一百多年前，一群法国学生利用假期徒步旅行。他们背着粮食和炊具，晚上睡在库房里或者露天，弹着吉他唱着民谣。学生们把自己称为"候鸟"，并成为一个更广泛的带有自己生活哲学的青年运动的核心力量。由此，青年旅舍的生活方式露出萌芽。

二十世纪初的一天，一位名叫理查德•希尔曼（Richard Schirrmann）的德国教师带领学生徒步旅行，途遇大雨，在一个乡间学校度过了艰难的一夜。他由此萌发了建立专门为青年提供住宿旅舍的想法。他认为，教育不应只在学校里，而应该走出校门，通过郊游旅行，培养独立自主的能力，亲近自然，体验各地文化。他带着这一想法四处游说，最终为人们所接受。

1912年，世界上第一所青年旅舍——Youth Hostel（YH）在德国一个名叫Athena的废弃古堡中诞生，由此奠定了青年旅舍的基本模式，即以"安全、经济、卫生、隐私、环保"为特点，室内设施简朴，备有高低床、硬床垫和被褥、带锁的个人储藏柜、小桌椅，有公共浴室和洗手间，有的还有自助餐厅、公共活动室等。从那时起，青年旅舍就受到了年轻人的广泛欢迎，并在欧洲形成了以"回归自然"为主题的"青年旅舍运动"，提出年轻人不论贫富，都该走出家门认识世界。

武汉探路者青旅，个性张扬的涂鸦，充满艺术气息

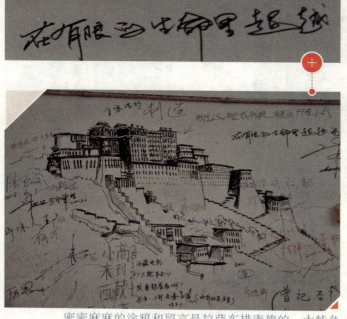

密密麻麻的涂鸦和留言是拉萨东措青旅的一大特色

1932年，国际青年旅舍联盟（International Youth Hostel Federation, IYHF）在荷兰的阿姆斯特丹成立，国际总部设在英国。目前，包括中国在内，已有六十多个国家的协会加入了这个大联盟，经历了上百年的发展，这个由小木屋和小杉树组成的蓝三角标志已成为国际知名品牌。IYHF在全球拥有4500多家青年旅舍，是全球最大的青年旅行住宿联盟组织。

中国的青旅起步较晚，1998年由广东省旅游局率先引进青年旅舍概念，在广东省内建立了第一批青旅，经过十多年的发展，目前全国已有240多家YHA青旅，这一数字还在不断地更新中。

敦煌风非沙青旅的百亩果园，树上结满了李广杏

洒满阳光的西塘青旅小院里，驴友们在游戏和聊天

## 青年旅舍的服务及理念

青年旅舍不是经济型酒店，它提倡简朴和环保的高质量生活，更注重全世界青年和不同文化间的相互交流与互助，以帮助年轻人"读万卷书，行万里路"。

青旅奉行的理念是："通过旅舍服务，鼓励世界各国青少年，尤其是那些条件有限的青年人，认识及关心大自然，发掘和欣赏世界各地的城市和乡村的文化价值，并提倡在不分种族、国籍、肤色、宗教、性别、阶级和政见的旅舍活动中促进世界青年间的相互了解，进而促进世界和平。"（摘自IYHF宪章）

虽然目前青旅的会籍对所有人开放，几乎没有年龄限制，但事实上，入住青旅的大部分还是20-30岁的青少年，以自助旅行者"背包客"居多，他们更偏爱这种不受约束、自由散漫的旅行和居住方式。

青旅的选址一般会设置在当地热门景点附近或城市中心地段，周边商店、餐厅等生活服务设施较多，对于入住者来说比较方便。青旅的形式十分多元化，除了位于大城市中心的现代旅舍，还有各种特色鲜明的旅舍。丰富多样的旅舍类型增强了青旅的吸引力，带给世界各地的旅行者精彩各异的入住体验。

西安七贤青旅，树木青葱的院子里摆放着许多供驴友们谈天说地的木桌椅

云南飞来寺觉色滇乡青旅，一栋典型的两层藏式楼房，墙上的涂鸦很可爱

　　此外，青年旅舍非常注重公共交流活动空间，每一家青旅的装修布置都会比较注重时尚温馨和个性特色，公共区域通常会有沙发、桌椅、秋千、无线网络、电脑、书吧、休闲吧等，有些条件好的青旅还提供电影放映厅、桌球台、游戏机等免费娱乐设施。另外，青旅还会设有自助洗衣房、自助厨房、小卖部、酒吧、餐厅等，提供或收费或免费的洗衣、行李寄存、上网、餐饮、旅游咨询等服务。有时，青旅会举办各种活动，比如音乐欣赏、BBQ、电影欣赏、互动游戏等，以增进旅行者之间的交流。

　　青年旅舍的最大特色就是除了类似酒店的标准间、大床房等普通房型之外，还提供以床位为单位的多人间模式（分男女混住和分开住两种，一般为4-8人间，也有超过10人间的），像大学宿舍里那种上下铺的床位，五湖四海的陌生驴子们共处一室，谈天说地，那种感觉像是回到了单纯的校园生活，新鲜而有趣。多人间的床位不仅最经济，而且能让你交到许多朋友。

　　所以当我第一次尝试入住青旅多人间，体验到那种热情洋溢、欢乐友善的青旅气氛之后，就对大同小异、冷冰冰的酒店产生了莫名的排斥感。

# 入住青年旅舍须知

如果你现在对青年旅舍有种想要立刻入住的冲动，先别急，有一些注意事项我得先跟你交代一下！

如果你只是一年出去旅行那么一两次，并且只是在国内游，那么你就没必要花50元钱去办理一张国际青年旅舍会员卡（HI卡）了，因为你享受到的价格优惠可能还不到50元，而且HI卡有时间限制，从办卡之日起一年内有效，过期需要重新花钱办理。

如果你和我一样，是一个间隔年的旅行者，或是一个短暂辞职的流浪背包客，或是一个职业旅行家，那么手上拥有一张全球通用的会员卡便可以享受许多优惠和权利了。一般入住青旅的多人间，要比市场价便宜5-10元，普通间要便宜10-30

绍兴鲁迅故里青旅的庭院里开满了鲜花，池塘里鱼儿戏水，好一幅江南水乡的缩影

元，这样一个月、一年下来便能省下不少旅费。而更可观的是，HI会员还可在世界各地享有食、住、行、游、购、娱等逾3000项优惠，比如：在全球多个国际机场和车船站，凭HI会员卡兑换外币可免收手续费；观光、租车、购物、参团、购买车船票等均可能有折扣，折扣率最高达50%。单是在澳大利亚，优惠项目便接近800种。

办理HI会员卡最便捷的方式就是去你要入住的旅舍前台办理，不论你年龄多大，做什么工作，只需一张身份证或护照即可办理。

丽江老谢车马青旅，电影《转山》的取景地

好了，你现在已经成为一名国际青年旅舍的会员了，正踌躇满志地计划着精彩的旅行，此时，你需要做的是提前预订你的旅行所在地的青旅房间，首先解决住的问题。

如果你是国内游，可以直接登录中国国际青年旅舍官方网站www.yhachina.com，查询你的目的地青旅信息，选定你想住的青旅房型或床位，然后可在网上直接在线支付预订或根据青旅提供的信息电话预订。一般来说，通过电话预订的方式更加灵活，如果你的行程临时有变，还可以电话取消预订。部分青旅在旅游旺季可能会要求支付房费押金或全款，那么这个时候你就必须对你的行程规划作出明确，以免预订之后不能入住造成退款、更改入住时间等不必要的麻烦。

还有一种情况，你是环球旅行，可以登录国际青年旅舍联盟网站www.hihostels.com，预定的方式与国内差不多，但是，你可能需要在线预订之后支付相等于一次预订总计费用6%的订金以及1.50英镑（或相等金额）的预

订手续费以保证旅舍为你预留客房，在入住时按照旅舍规定的币种支付94%的余额。

万一你不得不取消预订，可以登录My Bookings/Cancellations 网页办理，或直接联系旅舍安排。如提前通知取消的时间少于24小时，你需要支付取消费，取消费将从你在预订时使用的支付卡中扣除。并且你支付给hihostels.com网站的订金和预订手续费在任何时候（包括取消预订时）都不能退款或转为其他费用。

如果你需要更改入住时间，必须直接联系旅舍，查询是否可以更改预订。

如果在旅游旺季或去热门景区，建议最好提前半个月至一个月预订，以确保你的旅程有一个温暖安全的栖息地。

还有几点必须提醒你的是：

1.青年旅舍提倡环保节约，因此一般床位不提供一次性洗漱用品，你必须自备或向旅舍前台购买；

2.贵重物品务必存放于旅舍提供的贵重物品保管箱或交由前台替你保管；

3.尊重他人的生活习惯，不要在公共区域或走道、房间里大声喧哗，影响他人休息；

4.节约用水用电，自行处理好垃圾；

5.务必带上你的身份证或护照及会员卡入住。

最后，希望你可以用一种开放的心态去交流，用包容的心态去了解不同的文化，你会发现这个世界是多么的精彩！

一进门就能看见一面袖珍白塔墙

# 1

# 青海西宁塔顶阳光 青旅

塔顶阳光的大厅，藏式风格的土炕和装饰

**推荐指数：** ★★★★

**地理位置：** 青海省西宁市城中区文化街18号文庙东楼三层

**旅舍特色：** 复古风格、藏族特色

**作者体验：** 女生六人间床位（40元）

**联系电话：** 0971-8215571，13997171500

**设施和服务：** 24小时热水，厨房，自助洗衣，餐厅，酒吧，书吧，宽带上网，电视，影院，旅游咨询

**房型和价格：** 四/六人间会员价50元/床，非会员价55元/床；三人间会员价55元/床，非会员价60元/床；大床房/标准间会员价115元/间，非会员价120元/间

青旅大厅的墙上非常醒目的两个藏族女孩涂鸦

# 第一次住青旅——西宁塔顶阳光

两年前，当我拿起手机，第一次拨通千里之外的西宁塔顶阳光青旅的电话时，内心无比忐忑。之所以选择塔顶阳光，是因为它的名字，诗意得让我仿佛能立刻感受到阳光的温暖。但是，那时我并不完全清楚青旅是什么，万一跟他们有语言障碍怎么办？

塔顶阳光青旅的所在地——文庙

当电话里一个温柔的女声"喂，你好，塔顶阳光"响起时，我竟然像是在跟外星人说话似的紧张得心跳加速。虽然她的话我能听懂，但夹杂了浓重的地方口音，有点怪怪的。后来在藏区待久了我才发现，原来藏族人说普通话都是这个腔调。我磕磕绊绊地把预订床位的信息传达给她，挂掉电话，开始期待人生中第一次的青旅体验。

我清楚地记得那是8月中旬，西宁的天气仍有些阴冷，我下了大什字的公交车站，拖着一个笨重的行李箱，背着一个大大的登山包，沿着青旅的方向走着，看着马路两边熙熙攘攘的商场、店铺、餐厅、酒吧，觉得很热闹。不得不说塔顶阳光的位置太得天独厚了：位于西宁市中心大什字，离有名的小吃街"莫家街"走路只需2分钟，附近有银行、邮局、超市、药店，一应俱全，非常方便。

我上气不接下气地爬到文庙东楼三层青旅的门口，推开门，只见大厅里摆放着复古的木质桌椅和民族工艺品，旁边内嵌了一张大大的炕床，顶上吊着昏黄迷离的灯盏，白墙上画着

塔顶阳光青旅很有个性的大厅

两个头戴民族发饰的美丽姑娘，挂着一些藏饰品和乐器，贴满了青海旅行的照片和地图，顿时惊叹道青旅原来这么漂亮啊！比酒店好多啦！现在想想自己那时真像个没见过世面的土妞，既兴奋又紧张。

干净宽敞的六人间

办理好入住手续，顺着前台MM的指引，径直走上二楼，脚下是空空的木板，走起来吱吱响。推开嘎吱的木门，屋子里空间不大，摆放着两张高低床（四个铺位），有种回到大学宿舍的亲切感。床上的被褥床单都是洁白的，墙倒是一点也不白，涂满了驴友们的各种得意之作和心情感言。

青旅的一切对我来说都是那么的新鲜有趣，以至于那晚我亢奋地睡不着觉，坐在大厅里一边上网，一边跟天南地北的驴友聊天寻伴，甚至还有日本帅哥和美国老爷爷。这就是青旅倡导的相互交流与沟通的文化，不分国籍、种族、年龄、性别、职业、宗教、政治立场，只是单纯的因为热爱旅行，而聚在了一起。

我在2011年入住塔顶阳光时，青旅卫生状况、洗漱条件都不太尽如人意，但是现在已经重新装修了，旅舍环境、卫生条件和硬件设施都比之前好了许多，我也期待下一次去西宁能体验一下不一样的塔顶阳光。

# 第一次接触藏传佛教——青海塔尔寺

2011年8月13日,结束了在中国传媒大学短暂的学习生涯之后,我踏上了一个人背包旅行的征程,内心既激动又害怕,我不知道前路漫漫,会有怎样的精彩和险阻。

第一站我选择了青藏高原上的一颗明珠——青海,其实我也不知道为什么会将这里作为流浪的起点,毕竟那是离北京2092公里、海拔3000多米的雪域高原,对于一个旅行菜鸟而言,一开始便选择如此遥远而富有挑战的项目,着实令人捏把汗。可对于那时情场失意的我来说,去哪不是去呢?去得远远

象征着释迦牟尼一生八大功德的玲珑白塔

的,说不定就能离烦恼远远的。

八月的北京酷热而粘腻,两千公里之外的西宁却阴冷潮湿,浓密惆怅的乌云和绵绵霏霏的细雨一直伴随着我来到距离西宁市25公里远的湟中县,那里有著名的藏传佛教庙宇、格

鲁派六大寺院之一的塔尔寺，是格鲁派创始人宗喀巴大师的诞生地。出于对神秘藏传佛教的好奇和敬畏，我决定前来亲身感受一番，寻找让内心平静的一种力量。

走进塔尔寺的圆形拱门之后，右手边有一排迎风旋转的巨大经筒，发出吱呀吱呀的声响。经筒一米多高，古铜质地，周身雕刻着精美的图案和藏文，显得神秘而庄重。大小不一、形态各异的转经筒里都放有"唵嘛呢叭咪吽"的六字真言经卷，持诵六字真言越多，代表对佛越虔诚，将来可得脱轮

复古华丽的庙宇

回之苦。而转经筒每转动一次就相当于念诵了一次经文，转动的次数越多，功德越大。

前来朝圣的藏民们一边转动着经筒，一边轻念着经文，反复地做着同一个动作却乐此不疲。我甚至看见几位衣衫褴褛、灰头土脸的藏民三步一叩首地匍匐在地，证明他们对佛的虔诚。这种画面以往只在电视里见过，当真正亲眼看见，我的内心只有震撼和敬佩，不为其他，只为他们拥有世间最质朴的信仰。我相信了，信仰的力量是伟大的，它可以让人变得坚定，变得无所畏惧，变得无坚不摧。拥有信仰的人是幸福的，因为他们内心纯净、与世无争、坦然淡泊。这满载着希望的经轮啊，在那些信徒散发着酥油馨香的手指拨动下，不知疲倦地旋转飞舞着，传递着他们与佛之间美妙的沟通。

沿着转经筒的方向往前走，会看到八座白塔整齐划一地排列着，白塔底座勾勒着绚丽多姿的色彩，上面雕刻着栩栩如生的福兽，明黄色的塔尖上偶尔飞来几只白鸽，悠闲地踱步，俯瞰着朝圣的众生。据说这八座白塔是为了赞颂释迦牟尼一生八大功德而修筑的，纪念佛陀从出世步生莲花、菩提树下悟道、初转法轮、示现神通抵御攻击、升天为母说法、开示团结僧团、证达生死，到最后肉身涅槃的伟大一生，依次取名为聚莲塔、菩提塔、多门塔、降魔塔、降凡塔、息诤塔、胜利塔和涅槃塔。

沿着山路往前走，塔尔寺的分布便一览无余，整座寺院依山叠砌，殿宇错落有致，与山林绿野交相辉映，寺内古树参天，佛塔林立。藏传佛教的寺院和建筑色彩都特别艳丽，红橙黄绿青蓝紫，用色极为大胆和考究，即使三五种不同的颜色搭配一起，也不会显得扎眼或丑陋，反倒有一种跳跃的动感，配上琉璃屋顶和金碧辉煌的雕塑，显得庄严大气又不失靓丽活泼。

煨桑是藏民族最普遍的一种宗教祈愿礼俗，那熊熊燃起的桑烟令人感到清香舒适

走进大殿，四处弥漫着浓郁的藏香味，令人精神抖擞。殿堂里矗立着许许多多的佛和菩萨，威严而慈悲地俯看着芸芸众生。不知道为什么，仰望着佛和菩萨眼眸的时候，我的内心竟有一种力量在滋生，感觉到冥冥之中他们在看着我、保护着我，关怀着我。那种无形中的安全感抚平了我内心的躁动与不安，给予了我心灵的平和与沉静。

大殿中央一群身披暗红色僧袍、头戴黄色僧帽的喇嘛们围坐一团，咿咿呀呀地念着梵经。他们好奇地打量着我们这些来来往往的游人，我也好奇地打量着他们的行头装束和一举一动，觉得神秘而不敢靠近。

同行的驴友中有一个对藏传佛教了解甚多的大哥。他告诉我在藏区，几乎每家每户都会挑选一个聪明伶俐的孩子送去寺院里学习修行，他们以当喇嘛为荣，因为他们认为那是佛赐予的荣耀。

下山的时候，我们碰见了一位年事已高、戴着一副眼镜的喇嘛，驴友说他是塔尔寺的扎西活佛，一生乐善好施，功德无量，如果谁有幸被他摸顶，就会有连连的好运。我怔怔地盯着这位神奇又神秘的老者，他步履虽有些迟缓，但精神矍铄，慈眉善目，和蔼可亲，真像是个普度众生的活菩萨。

通过第一次与藏传佛教的接触，我领略到了什么是真正的信仰，也感受到了佛陀的神秘魅力。从那以后，我便一发不可收拾，但凡去到藏区，就一定会挑选几个中意的寺院进去参观膜拜，看得多了，听得多了，渐渐地我也成了一名准佛教徒，在修行与彻悟的道路上漫漫求索着……

塔尔寺里年迈却慈祥的扎西活佛

安逸舒服的沙发区，个性十足

# 青海桑珠青年旅舍

2

青旅住宿区的走廊，仿佛穿越时空的隧道

**推荐指数：** ★★★★★

**地理位置：** 青海省西宁市互助中路94号

**旅舍特色：** 藏族风情、浪漫温馨、宽敞舒适、不怕生的猫咪

**作者体验：** 女生十人间床位（35元）

**联系电话：** 0971-8086677

**设施和服务：** 24小时接待，热水，藏式风情酒吧，收发传真，公用电话，全区免费Wi-Fi覆盖，自助洗衣，电视房，公共活动室，行李寄存，旅游咨询，驴友速配墙，书籍借阅，DVD出借，提供中西餐，旅游包车，接待团队，提供接送站服务

**房型和价格：** 四/十人间会员价35元/床，非会员价40元/床；大床/双人标准间会员价170元/间，非会员价180元/间

桑珠青旅的前台，藏式风情浓郁

# 桑珠青旅，温馨宁静的港湾

　　选择桑珠，实属偶然。我从青海湖骑行四天后回到西宁，塔顶阳光的床位已满，无奈之下只好打车到离市区有点偏远的桑珠青旅。偶然之中似乎也是一种缘分，让我有种意外的惊喜。

　　一走进桑珠青旅的大门，就被它装修得时尚又个性的前台所吸引，与其说这是一家旅舍的前台，倒不如说是一个小酒吧的吧台，壁柜里储藏着各种酒品与饮料，让人想要痛饮一番。前台砖红色的墙壁上悬挂着一幅精美的唐卡，唐卡上绘制着一面色泽艳丽、盘腿而坐、目光如炬的佛像。办理入住手续后，前台MM耐心地告诉我房间怎么走，洗衣房、浴室、洗手间在哪里，周边的餐饮饭店有哪些，热情而周到。

　　径直往住宿区走，经过一个宽敞明亮的大厅，暖黄色的主色调让人觉得温馨而优雅，柔软的长沙发、色彩缤纷的藏毯、巨幅的旅游地图、漂亮的风景照、琳琅满目的书籍、充满藏族风情的装饰品和生机勃勃的绿色植物装点着大厅，令人心生愉悦。

　　住宿区廊道里暖黄的灯光照着，朦胧而迷离。一大面木板墙上横七竖八地张贴着各种拼车拼玩找伴的小广告，像个集市一样热闹极了。女生十人间的房子很大，有里外两间，外面四张床位，里面六张，床铺干净整齐，洁净如新，储物柜空间很大也很安全，而最让我满意的是屋子里有独立的厕所和浴室，不需要大半夜起来跑去外面救急，非常方便。初识桑珠，便让我有种宾至如归的感觉。

　　那几天我一直留在桑珠休整，等待进藏。绝大多数时间，我会一个人抱着电脑找一个最舒适的姿势窝在大厅的沙发里，一边写游记，一边啃零食。明媚的阳光透过大块玻璃窗洒在身上，美妙悠扬的藏族音乐缓缓飘来，一只温顺乖巧的猫咪趴在我腿边酣睡，这样浪漫而温情的场景仿佛穿越时空，让我在异域风情与现代生活之间穿梭游走。

桑珠青旅的夜晚很热闹，白天外出游玩的驴友们都回来了，三五成群地坐在大厅里聊天吹水玩游戏，眉飞色舞地讲述着自己的旅行故事。我有时候也参与，但只有听的份，因为那时我的旅行经历几乎为零。听着他们的故事，羡慕又向往，如今，我也拥有了许多自己的故事，这就是经历赐予我们的成长！

在桑珠，我遇见了几个之后成为好朋友的驴友：慕容、王子、史泰龙。我们一起进藏，一起行走于拉萨、纳木错，一起赶趟儿看雪顿节，度过了一段又一段短暂而美好的时光。现在回想起来，依旧感激当时的"偶然"，让我能够拥有一段开心难忘的青旅之行。

做一个总结吧。相比塔顶阳光青旅，我更加偏爱桑珠，即使它的交通不太方便，但是它更便宜的价格、更舒适整洁的环境、更完备的住宿条件、更周到的服务、更温馨浪漫的氛围足以弥补这一不足。桑珠，我给五星！

青旅一角，一股清新的田园风

# 大美青海湖　自虐骑行路

单车与纪念碑

　　我之所以称此次青海湖的骑行为自虐，是因为一路上不是病，就是痛，要么就是经受风雨酷热和体力上的严峻考验，却仍不死心，偏要坚持到底不可。我有一种"把自己往惨里整"的阴暗心理，试图把自己丢到一个偏远而艰苦的环境中，期望能够历尽艰险，一夜长大。

　　曾经看过一本书叫《无轨旅程》，主人公用了几十年的时间一直徒步行走在路上，穿过原始森林，行过雪山草地，踏过荒芜沙漠，也蹚过小桥流水，很是佩服！可惜，我没有那么大的勇气去徒步，只能在自己力所能及的范围内，尽可能地接近自然，享受心的旅程。于是，我选择了骑行。

　　阿坤和空空是我在塔顶阳光结识的驴友，阿坤是骑行过川藏线的勇士，空空和我一样是第一次骑行的菜鸟。于是，我们在阿坤的带领下简单地规划了一下线路，准备好各种装备，在西海镇租了山地车第二天一早便出发了。

**环湖骑行线路：**

D1：西海镇——金沙湾——湖东种羊场——青海湖渔场——151基地（76KM）；

D2：151基地——江西沟——黑马河——石乃亥（110KM）；

D3：石乃亥——鸟岛镇——青藏铁路——泉吉——刚察县（78KM）；

D4：刚察县——哈儿盖——甘子河——德州——西海镇（87KM）。

装备：抓绒冲锋衣、冲锋裤、防雨鞋、墨镜、遮阳帽、围脖、全指手套、雨衣、塑料袋（下雨时套在脚上）、头盔（租车地可借）、修车工具（可借）等。

费用：租车60/天，住宿30-50/天，吃饭20-40/天。

第一次骑行，感觉还不赖

### D1：高反感冒，狂风骤雨，遇上好心人

　　骑行的第一天，我就很不幸地中招了，寒风冷雨和3000多米的海拔让我出现明显的高原反应和感冒症状，整个人昏昏沉沉，头昏脑胀，鼻塞流涕。但我不想就此放弃，强撑着身体跟随在阿坤和空空的后面卖力地骑着。

　　第一次长途骑行让我觉得新鲜又刺激，空旷辽远的马路让我忍不住吼了两声，就当给自己打气加油。一开始骑车不知道变速，一到上坡就特别吃力，后来阿坤教我在上坡时速度要放缓，到了平路或下坡路再加速。这样一试，果然奏效。

青海湖环湖公路，是世界上海拔最高最顶级的自行车赛道

　　大概骑了两个小时，雨停了，天际出现一丝晴朗的迹象，远远地可以看见青海湖呈现出魅惑的深蓝色，安静地躺在大地的怀里，像个还未睡醒的少女。我兴奋地拿起相机咔嚓咔嚓拍个不停，原来并不是只有万里晴空、油菜花海下的青海湖才是美丽的，初秋还寒、雨后初霁的青海湖也别有一番风情。

　　中午，我们在路边藏民的帐篷里就着豆豉和榨菜吃了两碗蛋炒饭，也许是饿坏了，即使是煮得有些夹生的米饭吃起来都特别香。茶足饭饱后，我们冒着小雨出发了。

　　下午的路并不难骑，但是天公捣乱，狂风暴雨袭来，冲锋衣、裤子、鞋子、手套都被淋了个透，湿嗒嗒地贴在皮肤上非常难受。我只好下车推着车子艰难前行，行至环湖东路和109国道交叉路口时已是下午四点，离我们既定的目的地江西沟还有41公里，照这天气和速度，晚上九十点都不一定能到。风萧萧雨萧萧，冰冷的雨水混着鼻涕在我脸上撒野，空旷的马路上只有我一个人推着车子在走，当时心里沮丧得想大哭一场。

　　幸运的是，经过一辆停在路边的越野车时，司机大哥看我一副狼狈不堪的样子，便主动问我是否需要搭一段车，我顿时感激涕零，连声道谢。在车上，阿坤给我电话说今天就到151基地，不去江西沟了。大哥把我载到151基地并帮我找到安全的招待所后驾车离去，至今我仍不知他姓甚名谁。

　　就是这样，在旅途中我遇到过很多好心人，不问姓名、不问出身、不图回报，只是出于一份善意和热情无私地给予我帮助，我很感激。

　　经过下午的一场狂风暴雨之后，我的感冒和高反加重了，心里一直打鼓自己能否坚持到终点？

## D2：雨后放晴的大美青海湖

第二天上午依旧阴云密布，远处的青海湖好似一泓琼浆，在朦胧的云层照射下泛着粼粼的波光，田野中零星地开着一点黄色的油菜花，在风中摇摇欲坠。青海湖像个风情万千的少女，任何时候任何地点看见的她都有不一样的美。

当我们骑了30公里，到黑马河还有20公里时，风雨大作，比第一天更甚，猛烈的风不停地往身体里钻，雨衣被掀起

浓云遮盖下，青海湖变成了墨蓝色

后遮住了双眼，手被雨水冻得不听使唤，连推着车走都举步维艰。一辆小汽车停在我面前问我是否需要搭车，车费20元，我又很没定力地搭了一段路，到黑马河等他们。坐在招待所里的炉边烤火，身体冻得瑟瑟发抖，听着窗外淅沥的雨声，我的心里充满了各种悲凉和恐惧。

和阿坤、空空在川菜馆填饱肚子后，收拾好心情继续上路。从黑马河出来转上环湖西路的时候，乌云开始散去，气温也有所回升，到下午两点左右，久未露面的太阳终于绽放笑脸了。雨后的青海湖呈现出蔚蓝的光泽，如同一面巨型宝镜从天而降，碧绿的草地上牛羊成群，悠闲地吃着草儿，雪白的云朵成片成片地飘荡在湛蓝的天空中，如潮水般奔涌向远方，我伸出手试图去触摸那些可爱的云朵，天空仿佛就在我的手掌之中，那么近，那么近。

这是一种怎样的兴奋与激动，让我把这两天来身体的不适

都抛之脑后，一路摇头晃脑地哼着歌儿把车骑。

阿坤和空空速度比我快，下午五六点就到石乃亥了。我因为一路拍照耽误了很长时间，正在加速骑行的路上，又遇到了一只对我穷追猛吼、面目狰狞的藏狗，差点咬到小腿，吓得我魂飞魄散。正好对面一辆汽车驶来，我猛踩踏板，绕到车后，藏狗大概是觉得我的脚踏车追起来太没挑战性，于是转移目标，追随汽车而去。

那一天，我整整骑了11个小时才到石乃亥，手脚已经不听使唤了，尤其是手，酸痛无力，连扣扣子这种再简单不过的事情操作起来都很困难。果真是自虐啊！

## D3： 轻松的一天

第三天的骑行相对比较轻松，路程不长，道路也平缓许多，天气也很配合，唯一的不适就是身体上的疼痛。

我们从上午八点骑到下午一点，一路狂奔，终于在泉吉县找到了吃饭的地方，到达饭店后差点瘫在地上，大口大口地喘着粗气，肚子早已饿得不行，可手指疼得连筷子都拿不稳，哆哆嗦嗦不停地往下掉菜，只好用调羹把饭一小点一小点地往嘴里送，那种苦真是毕生难得的体验。

饭后，阳光依然明媚，阿坤和空空到路边找了一个舒服的地方睡下，以天为庐，以地为席，美美地打起呼噜来。我的速

和我一起骑行的空空和阿坤，席地而睡、沐浴阳光的感觉真好

度比他们慢，只能在路边小坐一会，就继续赶路，下午五点多就到了目的地。望着远方苍茫宁静的青海湖，我心里忽然有股淡淡的忧伤，如果你在身边那该有多好。

有时候觉得幸福和快乐不在于拥有多少名牌包包，也不是吃着海鲜、开着豪车、住着洋房，而是一段渴望的自由时光、一个疼你爱你的恋人、一个健康美满的家、几个无话不谈的知己，这就足够了。

金黄色的原野与远处浅浅的青海湖辉映

## D4：最痛苦是上坡路

最后一天的骑行是最艰难也是最痛苦的，因为要赶在下午四点左右回到西海镇，坐班车回西宁，所以在路上的时间要比前几天缩短两三个小时。时间缩短了，但路却更难行了。从刚察到西海镇的路上有11公里的连续上坡路，对人的体力是极大的挑战。

除了要忍受身体上的疼痛之外，太阳的严刑拷打也让人备受折磨，抓绒冲锋衣已经被汗水浸湿，脸被太阳灼伤，才骑出三个小时，便已觉体力耗尽，准时骑回终点几乎是不可能的了。

于是，我的心态随着天气、环境和时间的变化变得非常消极，打算放弃骑行拦顺风车回去。

可人生往往不会随你的意，命运总是在不经意间跟你开玩笑，在不需要的时候自动送上门，可需要的时候却一个都没有。大概在路边拦了半个小时没有一辆车停下来，眼看着时间已经到中午了，我却还没骑到一半，进退维谷，究竟是继续拦车，还是慢慢往前骑呢？思索再三，我决定还是骑吧，大不了今天在西海镇住一宿，不回西宁了。

做了一番纠结的思想斗争之后，我又重新上路了。上坡的时候我看着不远处的尽头总是暗示自己快到了，快到了，坚持一下就是爽爽的下坡路了。可是，每次骑到了一个上坡路的尽头会发现前面还有许许多多个尽头，望不到边，心里无比失落，于是索性不去看远处的路了，埋头苦骑。

阿坤和空空下午一点多钟就回到西海镇了，他们说后面二十多公里的路程都是下坡路，让我加油。听他们这么一说，我浑身都有劲了，整个人像打了鸡血一样精神抖擞，一路狂飙，果然都是下坡路啊，连刹车都不用，直接迎着风冲下去，

环青海湖磕长头的虔诚藏民，在他们眼中我看到了坚定的信仰

爽哉！

最后我终于顺利在四点前赶到了镇上与他们汇合。这天，我切身地体会到了一个道理：人生就像骑车，好走的永远都是下坡路，难行的永远都是上坡路，上坡路慢且艰难，但它能让你变得强大，而下坡路虽快，却能在瞬间让你跌至低谷。

我想人的一生至少需要一次苦行僧式的流浪，不是坐飞机、住星级酒店、吃豪华大餐，而是用一种最原始最自然的方式，脚踏实地去感受每一寸土地的呼吸和心情，以及在这片土地上生活的人们的快乐与忧伤。只有设身处地地感受过什么是苦，才能更加珍惜现有的幸福。

经过这四天的自虐骑行，我深深地感受到了什么是身体的痛苦与心理的煎熬，也品尝到了挫折与困难带给我内心的锤炼与考验。未来的日子里，每当我想放弃做一件事情时，都会想一想当初骑行时的经历，那么艰难的路我都走过来了，还有什么可以难倒我呢？

人，永远不要小看自己，也不要轻言放弃，只要再坚持一下，前方的坦途就会被踩在脚下！

雪山下青旅外的卫生间和浴室，色彩很明亮

# 3

## 古乡
### 国际青年旅舍

古乡青旅传统的藏式阁楼

**推荐指数：** ★★★

**地理位置：** 西藏自治区林芝地区波密县古乡村

**旅舍特色：** 藏式建筑

**作者体验：** 十人间床位男女混住（35元）

**联系电话：** 15283604892

**设施和服务：** 餐饮，旅游咨询，自助洗衣，车辆维修

**房型和价格：** 十人间会员价35元/床，非会员价40元/床；四人间会员价50元/床，非会员价60元/床；标准双人间会员价160元/间，非会员价180元/间

宽敞明亮的藏式十人间

# 古乡，匆匆的一瞥

入住古乡青旅，实属无奈。那天从林芝搭车到波密的路上遇到了塌方，路上堵得一塌糊涂，从下午一直堵到晚上九点，只好放弃赶到波密的计划，暂时先到古乡住一晚。虽说是无奈，但也自有天意。

古乡青旅位于距离波密县30公里的古乡村里，就在318国道旁边，网站上介绍说青旅附近有古乡湖、嘎朗湖（天池）、岗乡自然保护区、易贡地质公园等景区。旅舍前方100米就是帕隆藏布江，上面是连绵雪山，后面是原始森林。

到达青旅时已经是夜里十点多了，从栅栏进去之后发现那里果真是一大片原始森林，朦胧的月光和闪烁的繁星将天空照得透亮，苍茫的原始森林显得空旷而幽静。青旅门外昏暗的灯光下，一群驴友围坐在露天桌台旁喝酒畅谈，好不热闹。

旅舍外有一大片天然的停车场，几辆越野车停放在那。想必住在这里的旅客有一部分是自驾游的驴友，还有一部分便是像我这样搭顺风车的穷驴。如果运气好，说不定还能在这里碰到进藏或出藏的顺风车。

原始森林里的世外桃源

置身雪山森林里的古乡青旅

　　古乡青旅也是一家典型的藏式民居建筑，住宿区是古老的木质结构房屋，二楼是卧室，一楼是盥洗的地方。房间非常宽敞，床很大，睡起来很舒服。只是有一个不方便的地方，住宿区和卫生间、浴室是分开的，洗澡、上卫生间要出门走到旁边的另一栋小平房里，在寒风刺骨的夜里，走去外面救急着实是件很痛苦的事情。

　　当时我累得筋疲力尽，没有闲暇去仔细观察青旅的环境，洗漱完回房间倒头就睡了。第二天清早起来赶路，看见屋外一片碧绿的原始森林在远处隐隐约约的雪山映衬下显得格外美丽和纯净，云雾缭绕，水汽蒸腾，好似一片世外桃源。

　　这大概也是一种缘分吧，让我路过此地，留下一些足迹，留待日后珍藏、回忆……

## 川藏线搭车遇险

2011年9月，我做了一件有生以来最疯狂最冒险的事情，一个人，从拉萨出发，走川藏线搭顺风车去成都，历时7天，全程2100公里，总共搭了13辆车，私家车、大卡车、小货车、越野车、面包车都坐过了，就差没坐拖拉机了。

这一路，我遇到了很多无私地帮助过我的好心人，从达孜县搭我到工布江达的岳大哥、在鲁朗请我吃石锅鸡的江西老乡、在波密遇到的藏族师傅一家、从波密搭我到八宿的阳批师傅、用牦牛肉糌粑酥油茶热情款待我的藏族大叔，还有陪我坐大巴颠簸了17个小时的阿梦、红叶和青青……这些人永远留在了我的回忆里。

西藏的蓝天白云变化多端，一朵像小狗的白云出现在天空中

米拉山口上3座牦牛雕塑，最后那个被哈达包围的很有喜感

当然，我也遇到了很多危险和波折，从鲁朗到波密遭遇泥石流塌方、在通麦天险堵车从白天堵到天黑、从八宿到芒康经历惊险刺激的72拐、道路颠簸海拔交替导致数次恶心呕吐头晕高反、在旅馆传染到毒气致使全身过敏红肿、被说话不算话的顺风车司机放了鸽子……事后回想起来还是一阵后怕。

在搭车走川藏的第五天，我坐了整整17个小时的大巴车，终于到达了出藏的最后一个县城——芒康。芒康位于西藏、四川、云南三省交界，川藏线、滇藏线最终都在芒康汇合。

睡了不到五个小时，我就被旅馆外面嘈杂的汽车轰鸣声、喇叭声、摩托声、叫卖声、电钻声吵醒，昏昏沉沉地走到芒康县城的街上觅食，看见不远处停着一辆川字牌的小货车，一个身材高大魁梧、皮肤黝黑、年纪四十多岁的中年大叔站在车边

传说中川藏线最危险的七十二拐，非常惊险刺激

打电话。我抱着试一试的心态上前去问他："师傅，请问您去哪？"

"你去哪里？"师傅用一口夹杂着川味的藏式普通话问我。

"我要去成都，您能搭我一段路吗？"

"哦~~~我去巴塘，四川的一个县城。你一个人啊女娃娃？"

我点点头，又问了句："师傅能搭我一段路吗？"

师傅想了想说："可以是可以，不过你要等一下我，我去接几个亲戚。"

我喜出望外，"好的好的，没事。那我回旅馆取下行李回这等您，怎么称呼您？"

师傅掏出一张名片，上面写着XX贸易公司，主营冬虫夏草、藏红花、野生菌、鹿茸……原来是一个在藏区做生意的藏族师傅。这下我心里踏实了，生意人至少比我有钱，不用担心被劫财了。

在走川藏线之前，便听许多人提起一件事，说一个年纪轻轻的小姑娘也是搭顺风车，单反、钱包露在外面，被起了歹心的司机看见，把她带到荒郊野外抢劫后杀死了。因此这一路，我都十分小心，即便搭车，也会选择看上去不太像坏人的司机。

师傅说："你就叫我郎吉师傅吧。"

十分钟后，郎吉师傅的车回来接我，车里坐着两个藏族小姑娘和一个年轻男子，有姑娘在，这下我更放心了。郎吉师傅让我坐在宽敞的副驾驶位子上，我却之不恭。

一路上郎吉师傅一边开车，一边跟我聊天。他说他在四川、西藏一带做虫草生意，很赚钱，在成都有一套房子，在巴塘有两套房子，年轻时还当过炮兵，挨过子弹，立过一等功。

听着他的传奇人生，我也不自觉被感染，对他心生佩服。

中午，车子在半路的一个小村庄停了下来，郎吉师傅带着我和他的亲戚到一个藏民朋友家里作客。好客的藏民招待我喝酥油茶、吃糌粑，我特别不习惯，浑身不自在地傻坐着，看他们一会用藏语调侃着什么，一会又笑嘻嘻地看看我。

我问郎吉师傅他们在说什么，他拍了拍我的膝盖，上下打量了我一番，说："他们夸你长得好好看，好乖。"

我瞬间石化，一股不祥之感从脚底漫到头顶。那个眼神，有点不正常。

车子继续上路，我心事重重地坐着发呆，少了上午跟郎吉师傅聊天的劲儿。

川藏线上的西藏界

郎吉师傅问我："娃娃，你从哪里来的？"

我半天回过神，应付了句："深圳。"

"你不要再搭车了，我帮你买机票，你飞回去吧。"

"不用，谢谢，我暂时不回深圳"，我连忙婉拒。

"那我叫人帮你买一张去成都的汽车票，你一个女娃娃我不放心。"

"好，谢谢，回头我把钱给你。"经历了一路的风尘仆仆，我心里只想快点到成都，结束这危险的搭车之旅。

黄昏时分，车子终于到巴塘了，郎吉师傅先把我送到客运站附近的招待所，并抢先帮我付了房钱，说："晚上我给你送车票过来，你等我。"

安顿好之后，我不敢在房间久留，走到巴塘的广场上散步，我想万一他真的来给我送票，人多的地方也安全些。

夕阳下的余晖好美，风吹在身上好舒服。我已经很久没有一个人安静地欣赏风景了。这一路，紧赶慢赶，折腾得够呛，累得身心俱疲。那一刻，我心里好想家，好想回到那个温暖的地方，这一路，我真是太累了。

晚上九点多，郎吉师傅果然开车过来了，他要我上车带我去一个地方，我拒绝了，看周围人多他也拿我没办法，从钱包里掏出去一张去康定的车票，说："去成都的票卖完了，你要到康定再转车！"我接过票，掏出200元钱（包括车票和房钱）一起递给他，他说什么都不收，反而怒斥我："你是不是不把我当朋友？"我有些不好意思，他说："娃娃，以后再来西藏给我打电话，我给你买机票。"我笑了笑，说"谢谢"。

郎吉师傅说他有事，先走了。

望着他的车渐行渐远，我终于松了口气，还好，有惊无险。

其实事后想想郎吉师傅人并不坏，可能只是有钱了就爱玩，看到一个独自搭车的年轻女生觉得新鲜。不过还好，最终什么都没发生，我对他为我付出的帮助仍然充满感激。

两天后，我终于安安全全地到了成都，看见高楼大厦、霓虹闪烁的那一刻，我竟然激动得想要欢呼呐喊，曾经觉得钢筋水泥的大都市有百般禁锢，可当下，从荒芜落后的藏区回归熟悉的城市，我却觉得如此亲切，充满安全感。

这七天，如同做了一场梦，一场交织着悲欢喜乐、曲折磨难的梦。

现在，这个梦醒了，我也该继续启程，开始新的人生路了……

宽敞干净的榻榻米双人房

# 4

# 开平碉民部落 青年旅舍

碉民部落的外观，有种山村田野的乡土气息

青旅墙上满满的历史回味和古老记忆

**推荐指数：** ★★★

**地理位置：** 广东省开平市赤坎镇河南路126号(影视城斜对面)

**旅舍特色：** 骑楼风格、淘宝预订

**作者体验：** 十四人间床位（40元）

**联系电话：** 0750-2616222

**设施和服务：** 免费Wi-Fi，旅游咨询，餐厅，24小时热水，租车服务

**房型和价格：** 十四人间50元/床，八人间50元/床，子母观景房300元/间，

大床房110元/间

# 碉民部落

很有特色的青旅招牌

几年前，开平碉楼还是一个不太被外人所熟知的旅游景点，2010年一部电影《让子弹飞》让开平碉楼一下子声名鹊起，前往开平一睹电影中黄四郎碉楼豪宅的游客越来越多，这也带动了当地经济和旅游业的迅速发展。

一般来说，在国内热门的旅游景区附近都会有YHA国际青旅的身影，但是到目前为止，YHA还未进驻开平，2012年初我去开平踏春时，当地只有一家仿照YHA模式建立的私人青年旅舍——碉民部落。

这家青旅比较奇特，没有会员卡打折优惠活动，却可以在淘宝上提前看好房型，预订付款，比到店支付要便宜一些。租车也同样如此，小店有面包车、单人自行车、双人自行车、山地车可供选择，在网上下单可以享受折扣。

但是，这样做有一点不妥就是万一行程有变，要跟店家协商退款或更改入住时间会比较麻烦。

碉民部落位于开平市赤坎古镇，可以从开平汽车站坐6路、13路公交车到赤坎总站下车，顺着影视城古桥的方向走，过桥后左转100米就到了。

旅舍是由三层高的古骑楼改建的，既保留了原有的岭南建筑特色，又增加了西式时尚的潮流元素。门前那块木制招牌和垂下来的枯叶帘子格外引人注意，古色古香，大厅里摆放的石磨、废弃的大鼓、藤条的座椅、挂在墙上的斗笠装饰都充满乡土气息，真有种走进原始部落的感觉。

老板给我安排在十四人间的大房子里，空间非常宽敞，并排摆了七张木制高低床，床很大，舒适柔软，房间还算干净，屋子里有独立卫浴和电视机。三月份照说应该是开平的旅游旺季，但入住的人并不算多，氛围有些冷清，入住的那一晚整个空荡荡的房间里只有我一个人，竟觉得有些害怕和不习惯，只好彻夜开着电视机，听着你侬我侬的爱情肥皂剧入睡，伴着早间新闻的播报声醒来。

以旅舍为起点，去往开平的各个景点都还算方便。这里距离立园5公里，自力村碉楼群8公里，马降龙5公里，锦江里12公里，南楼6公里。沿线都有公交车可以到达。

如果你不赶时间，也可以在旅舍租一辆单车，慢悠悠地骑行去各个景点，穿梭在古镇的大街小巷，感受民国时期的岭南特色文化。

旅舍的正对面是欧陆风情街，一条中西合璧、热闹非凡的骑楼老街，赤坎影视城和关氏图书馆也在这条老街上。黄昏时，你可以从旅舍踱步到古桥上，拍日落时分的骑楼倒影；太阳下山后，你可以走到镇上的小饭店里品尝当地美食；夜深

青旅墙上满满的历史回味和古老记忆

了，溜达回旅舍，坐在门口的藤椅上发发呆，看看月光，与驴友们聊聊天，尽情享受属于自己的自由时光。

　　总体而言，碉民部落在环境、住宿方面都没有太大的毛病，也没有太大的惊喜。我唯一有些不太满意的是旅舍的服务态度不太热情，多咨询老板一些问题便会显得不耐烦，让人有种距离感。

　　但是，作为为数不多的为年轻驴友提供舒适便宜住所的青年旅舍，碉民部落可以作为大家前往开平旅游时的一个参考和选择。我给三星！

# 三月，新的旅程

三月的广东，似乎比其他地方的春天来得更早一些，北方还在飘着白雪、刮着寒风，温暖的南国却已万物复苏、春暖花开了。

踏青，趁着最美好的阳光、最温暖的花香，来一场无人打扰的漫步，不为附庸风雅，只求内心平和。

原来旅行真的是会上瘾的，自从2011年结束了两个月的西南之旅，我便一直沉浸在那种自由散漫、无拘无束的状态里，躁动不安。

可能就如S所言，我真的不是一个安分的人，总是想方设法地逃离浮华纷扰的世界，去寻求另一种与众不同的生活方式。我可以不要房子、车子、名利、地位，却不能失去自由和随心所欲的权利。

那个穿着冲锋衣登山鞋的我，那个不施粉黛、在太阳下暴晒的我，那个背着单反走天下的我，好怀念！

千亩油菜花映衬着庄严沧桑的碉楼群

清晨的赤坎古镇，宁静安然，燕过无声

　　于是，我告诉自己，只要这一次，最后一次，在25岁之前实现走遍中国的梦想，我就安下心来，好好工作，好好生活，不再漂泊。

　　于是，我又出发了。

　　没错，我依旧是一个人。

　　在开往开平的大巴上，我再一次温习了电影《让子弹飞》，试图仔细地从影片的画面中去找寻即将见到的真实的场景。两个小时的电影看完了，开平也到了。

锦江里中西合璧、大气精致的瑞石楼

　　这是一个不算很发达的粤中小城，嘈杂的人声、无序的街道、喧闹的音响，让我仿佛有种回到家乡的感觉。这里的人们都说着一口带乡音的白话，跟香港、广州讲的白话还是有些差别。我一直都觉得，粤语是非常美丽的语言，尤其是粤语歌，有时候比国语歌听着更有感觉，我常常陶醉在林夕唯美的歌词和陈奕迅深情的演唱中无法自拔，也正因为他们，我爱上了唱粤语歌。

　　在开平，我游览过大大小小六个景点，最钟爱的还是那座充满欧陆风情的赤坎古镇。

我喜欢赤坎古镇的清晨，少了几分白天的喧嚣与嘈杂，没有了游客和小贩身影的赤坎在清晨的微光中更显清幽与宁静。充满异域情怀的欧陆风情街，那临江而建的一排排整齐的骑楼，带着上百年来烟熏火燎的历史沧桑感映入眼帘，河中的水涨起来了，倒映出骑楼别致的身影，颇有一番韵味。

从古桥上走过，呼吸着清新纯净的空气，有种活在梦中的感觉。穿行于这里的大街小巷，你都会深深地感受到岁月的味道。斑驳而老旧的欧式建筑一排排紧密相连，蜿蜒曲直，街边的店铺似乎都不需要招牌，那一根根矗立着的四方柱子便是最方便的招牌张贴处，小卖部、自行车行、汽修店、缝衣铺、烧腊饭店……似乎有在港剧里看见过这样的场景，恍如回到民国时期的岭南小城。

古镇上没有太多的汽车，人们最主要的出行工具是自行车和电动车。这里也没有大都市马不停蹄的生活节奏，人们都安于现状地在这里生活、养老，男人们在店铺里努力地经营着生意，女人们坐在店门口看着孩子，孩童们在街边快乐地玩耍，老人们倚坐在门边与邻居闲话家常，整条街上弥漫着饭香味，街的尽头传来阵阵自行车的铃声，一幅岭南人悠闲散漫的市井生活写照，安逸、知足、充满人情味儿。

相比之下，民国时期的私家园林——立园就显得富丽堂皇，奢华许多了。就连售票大厅都建得非常阔气。

走进立园，一股清新明亮的绿意扑面而来，园中绿树成林，碧草茵茵，充满了春的希望。小桥流水，凉亭回廊，鸟语燕啼，恍如来到江南水乡，徜徉其中，顿觉清爽明朗，悠然宁静。

据说立园是近代华侨谢维立为了他的夫人们花了十年时间建造的超豪华私家园林。如今，数十年的时间过去了，人去楼空，只剩下那些陈年旧物供游人观摩。造型典雅、富丽堂皇的泮立、泮文等六栋豪华别墅静静地矗立园中，任凭时间将它们的容颜一天天风化、老去，情却依旧！

我似乎是一个跟油菜花没有太多缘分的人，2009年5月的毕业旅行我去

了号称中国最美乡村的婺源，那时的油菜花早已凋零；2011年8月我骑行青海湖，可惜也去晚了，只剩下零星几朵小黄花；2012年3月我以为是开平油菜花最旺盛的时节，可是依旧错过了，自力村的油菜花已经凋谢了一大半，只剩下千亩良田之中星罗棋布、造型独特的碉楼群了。

第一次看见这种四四方方、用钢筋水泥铸就、连门窗都是铁皮制的独栋建筑，又新鲜又好奇，据说在二十世纪二十年代，自力村的土匪猖獗、洪涝频繁，当地侨胞为了保护家乡亲人的生命财产安全，陆续兴建了15座风格各异、造型精美、固若金汤的碉楼，既美观，又可以抵御土匪和洪水。

自力村最著名的碉楼要属"铭石楼"了。顶层采用的是爱奥立克柱式廊柱和罗马栏杆，巴洛克风格的山花，正中间是一个中式的琉璃顶凉亭，造型独特、中西合璧、豪华大

自力村铭石楼，电影《让子弹飞》的外景拍摄地

四四方方、铁窗铁门、固若金汤的特色碉楼

升峰楼，刻满了历史的痕迹

气，不愧是自力村最漂亮的一栋碉楼。还记得《让子弹飞》里黄四郎用望远镜窥探张麻子上任时的场景么？没错，就是这里了。天台有一把木制摇椅，是周润发曾经在戏中坐过的。

如果将霸气外露的自力村比作一个风华正茂、前呼后拥的明星，那么偏僻的马降龙村就像一个历经沧桑、归隐山林的老者，不问世事，只求清净。

那里苍山翠竹，绿林环绕，春意浓浓，一栋栋被岁月侵蚀的碉楼安静地散落在丛林修竹之中，掩藏着真实的容颜。一个人行走在深山密林的羊肠小道，四下无人，看着那些人去楼空、斑驳古朴的老宅子，一股凝重的历史气息扑面而来，我竟有些许惊慌，脑海里生出许多惊悚诡异的画面，不敢久留，匆匆离去。毕竟，一个人仰望历史，回首过去，需要勇气。

如今，前来开平看碉楼的游客越来越多，白天，这些经历过数十年斗转星移、万千变幻的碉楼不再孤孤单单地伫立于天地之间，它们接受着人们的簇拥和关注。夜晚，当人潮不再、喧嚣褪去，它们唯有与天上的繁星和田间的蛙声为伴，回归孤独寂寥的自我，默默舔舐着那些战火硝烟弥漫遗留下的岁月之殇。

其实，就像人一样，平日里将自己最光鲜亮丽、神采飞扬的一面示人，却唯有在黑夜里，一个人静下来的时候，才会去用心感知内心真实的自己。

趁着年轻，出发吧！去旅行，去探寻未知的世界，去品尝生活的甘苦，去找回活着的自己！

不论前方的路有多崎岖，不论十字路口有多彷徨，只要信念还在，灵魂还在，就有多远，走多远吧！

宁波李宅青旅外墙

# 宁波李宅
## 国际青年旅舍

大厅里红色的沙发格外亮眼

灰色的古老建筑上有绿色的生命在静静地生长着

**推荐指数：** ★★★

**地理位置：** 浙江省宁波市海曙区共青路77号

**旅舍特色：** 宁波唯一国际青旅、月湖之畔、清代建筑

**作者体验：** 四人间床位男女混住（45元）

**联系电话：** 0574-87327258，87327018

**设施和服务：** 酒吧，餐厅，书吧，公共活动区域，无线网络

**房型和价格：** 四人间会员价45元/床，非会员价50元/床；双人标间会员价130元/间，非会员价150元/间；单人间会员价110元/间，非会员价125元/间

# 都市居隐处，面向月湖风

李宅是目前宁波市唯一一家国际青旅，地理位置非常优越，位于宁波著名的月湖公园之畔，闹中取静，离汽车南站、火车站比较近，步行可以到达，离市中心繁华的天一广场、历史悠久的天一阁藏书楼、热火朝天的城隍庙小吃街都只有十几分钟的路程。从李宅出发，你可以去血拼、可以去览胜、可以去海吃，可以重新开始一段旅程。

李宅的环境古朴隽永，一幢仿清代木作建筑，小楼轩窗，斗拱飞檐，青砖灰瓦堆砌起来的院落屋顶让人感受到一种古色古香的历史气息。

一楼大厅是时尚简约的现代装修风格，大厅布置得很有情调，青石板铺就的地面、不规则镂空的红木窗棂，柔软舒适的暗红色沙发，原木的大桌子，高高的柜台，昏暗的灯光，透过大大的落地窗可以看到一方小小的院落。院里栽种着各种盆栽绿植，若是晴天，什么都不做，只是靠在窗边看满满的阳光洒在院子里都是一种享受。一楼有酒吧、餐厅、书吧，驴友们可以根据自己的喜好或需求选择不同的付费服务。

走上二楼，整面青砖墙上长满了交织缠绕的爬山虎，脚下的石板阶梯上长了些许青苔，脚边绽放着娇艳的鲜花，每走一步都好似会惊动她们。二楼有个小天台，可以供大家晒太阳、晾衣服、看风景。

二楼的装修风格相比一楼更加古色古香、老旧沧桑，红色的小木房子，楼梯、地板、门窗、床架都是木质结构，踩上去会嘎吱嘎吱作响，有种穿越到古代的感觉。相比之下，李宅的房间设施就略显简陋，四人间的屋子空间非常狭小，里面摆放着两张高低床和一个柜子，除此之外再无其他。多人间的卫浴是公用的，空间很小，环境一般，如果你只是在宁波休整，辗转去舟山、普陀山、杭州等地，或者你旅费有限，对住宿条件要求不是很高，不妨来住一住，这里还是一个实惠之选。

从李宅可以直接眺望月湖公园景色

# 一个人的朝圣，普陀山

**有**人问我旅行的最大感悟是什么？

我说，是在24岁这个逐渐从幼稚走向成熟的年纪，在这个人浮于事、金钱至上的社会，我找到了让心灵平静的信仰。

说起我最初对佛教产生浓厚的兴趣和皈依的念头，应该是在2011年7月我的普陀山之行。听说向普陀山的菩萨许愿很灵验，那时我刚刚开始一个人的旅行，我的动机只是去求菩萨保佑我家人健康，旅途平安，结束旅行后能够找到一份更适合自

细软的黄沙，清冽的海水，普陀山的千步沙是个度假的好去处

雾气凝重的海边，橙色的小花盛放着

己的工作。

　　第一次去普陀山是从上海吴淞客运码头坐慢船去的，一夜的海上航行颠簸摇晃，直到第二天早晨八点，才远远望见矗立在莲花洋边的南海观音像。轮船靠岸，登陆，进入码头售票区，到处人山人海。那天正好是六月十九观音成道日，前来参拜烧香的信众比往常多出好几倍。相应的，景区里的住宿价格也水涨船高，基本上都在600-1000元，非常紧俏。

　　为了节省下这笔高昂的住宿费，原本计划在普陀山上留宿听暮鼓晨钟的想法也泡汤了，只好参观一些重点寺院就打道回府。

　　第一站，自然是去南海观音像。从码头到南海观音像没有大巴可乘，需步行前往。一路上风光旖旎，绿树成荫，海雾弥漫，波涛声声，在酷热的盛夏时节让人感受到周身的清爽与凉快。普陀山不愧是一个避暑度假的"人间第一清净地"。

万人朝拜的南海观音，微笑着庇佑众生

　　关于南海观音像，流传着一个神奇的故事。相传1997年的农历九月二十九，是南海观音铜像开光的日子。但是没有想到，开光之前，乌云漫天，大雨将至。然而在开光法会正式开始之时，戒忍大师宣布："南海观音圣像开光法会正式开始！"话音刚落，仿佛有一双无形的巨手在一瞬间拨开乌云，一束阳光透过云层直射下来，正好打在南海观音身上。见此奇异天象，在场的人们纷纷跪倒，虔诚地顶礼膜拜。从此，这里也成了最为灵验的观音道场。

在海上远远地观望南海观音并不觉得有多震撼，但是当她出现在离我只有百步之遥的范围内，我竟然有种望而落泪的感动。这座通体镏金耀眼的观音像高33米，左手托法轮，右手掌心向前，仪表庄严肃穆，略带微笑，威严又不失和蔼。这是一种怎样生发的情绪波动，会令我有如此莫名的心灵感应？

前来朝拜的人多如繁星，香炉里冒出滚滚浓烟，我看着大家朝拜的动作依葫芦画瓢地模仿起来。焚香、行注目礼、拜三拜、跪下、双手合十、默许心愿、再拜三拜。第一次拜佛，动作生硬在所难免，但是在拜谒的过程中我却感受到一种前所未有的平静和虔诚，好似天地万物都化为虚无，唯有心灵，真实存在。

我好像有些理解为什么有那么多人信佛了，因为在与佛心灵沟通的时候人可以观照内心，看见最真实的自己。

在前往普济寺的路上，我遇到一位同路的僧人，出于好奇，我和他简单交谈了几句。他不爱说话，有些口齿不清，总是不自然地闪躲、紧张，也许是长时间与世隔绝，每天参禅念经不问俗事，又或者是我的贸然打搅惊扰了他原本的步伐？我只知道他来自福建，32岁选择了出家，是家里穷抑或看破红尘，我不便细问。只是忽然想起了S，他曾经说"遁迹空门思皈依"，那年他也32岁。

普济寺是岛上第一大寺，八大殿供奉着十一尊菩萨。最气派的要数圆通宝殿了，大堂中供奉着一尊巨型毗卢观音圣像和32座观音应身像，据说来此求子求姻缘最灵。周围还有不少其他菩萨的殿堂，都各有意义。供奉着普贤菩萨的普贤殿在大殿的右侧，据说主要是求事业；伽蓝菩萨的伽蓝殿和文殊菩萨的文殊殿在大殿的左侧，可求财运和智慧。还有地藏殿、大雄宝殿、天王殿、罗汉殿等，都可保身体健康、家人平安。

普济寺除了拜佛，风景也值得驻足观赏。岛上处处都可以看到有棱有角、古朴凝重的建筑，承载着千年佛教文化的庄严、肃穆，令人心生敬畏。然而，沿途的海潮沙滩、水榭亭台、山峦叠翠、鸟语花香又让人恍若置身江南。

雄伟壮观的普济寺前就有着像江南女子般温柔、含蓄、娇羞、宜动宜静的水乡美景，长寿桥边开满了艳粉色的花朵，池子里长满了硕大的荷叶，小金鱼儿在荷叶的阴影下穿梭嬉戏……这一切好似一幅水墨画，将普济寺的"刚"与水乡的"柔"完美地结合在一起，仿佛一对相依相存的恋人，不离不弃！

拜完众神，了了心愿，踏上从普陀山到沈家门半升洞码头的快艇，回头望去，南海观音依旧伫立在茫茫大海边保佑着众生，安详宁静，不喜不悲。我渐渐觉得，原来对于真正拥有信仰的人来说，求神拜佛并不是迷信，更多的是一种精神上的寄托，寻找一种能让心灵平静的力量。那种至诚至善的信念和坚守是值得尊敬和善待的。

再见了，普陀山。就让我的一片虔诚之心化作佛顶山上的一粒种子，等到来年开花结果的时候，我再来此看山看海看日出，敬佛敬人敬天地。

复古典雅的佛教建筑海月常辉

　　2013年的春节，我结束了环游中国的旅程之后，在深圳的弘法寺正式皈依，法号顿慈……

下雨的早晨，小院中生机勃勃

6

# 绍兴**鲁迅故里**国际青年旅舍

满墙的便签纸，是多少人留下的想念和不舍

连排的时尚沙发与复古的中式屏风

**推荐指数：**★★★★★

**地理位置：** 浙江省绍兴市鲁迅故里内新建南路558号（鲁迅故里西大门口即咸亨酒店旁边）

**旅舍特色：** 明清古建筑、庭院深深、花园露台

**作者体验：** 六人间床位男女混住（40元）

**联系电话：** 0575-85080288

**设施和服务：** 免费上网和无线宽带，公共活动区域，行李寄存，房间独立空调，热水淋浴，免费旅游咨询，YHA会员卡办理，预订机票，免费停车位

**房型和价格：** 四/六人间会员价40元/床，非会员价45元/床；特色雕花大床房会员价188元/间，非会员价198元/间；特色套房（跃层式）会员价268元/间，非会员价278元/间

# 来老台门看庭院深深

**绍**兴鲁迅故里国际青旅又名"老台门"，据说旧时是一栋江南的水乡大宅，有着悠久的历史和深厚的文化内涵，是绍兴文化的符号。相比之下我更喜欢"老台门"这个名字，古韵悠远，沧桑怀旧。

旅舍的地理位置非常优越，出门就是绍兴著名的免费参观景点鲁迅故里了，特产超市、工艺纪念品店、小吃摊，还有传说中的咸亨酒店，都在附近扎堆，游览、购物、用餐一应俱全。

但我最爱的，还是老台门里的风景。这座有着几百年历史的水乡古建筑即使身处现代闹市，却依然保持着原汁原味的明清特色。四合院结构的门进院落、墨瓦白墙的江南风格、宽敞高大的红色木门和围栏、古色古香的桌椅家具、精致高雅的挂件墙帷、雕刻华丽的木制屏风、石板铺就的庭院小路……这一切都那么令人着迷和惊叹，我仿佛看到了这户人家当年是何等的风光与富足。而这些庭院之间由蜿蜒的石路小径连接着，像一个私家花园，脚边繁花盛开，风中荷叶连连，池中鱼儿摆尾。那天，恰有淅沥的绵雨将屋檐打湿，嘀嗒坠地，溅起一朵朵水花，此情此景仿佛令时空一晃穿越到明清时期的江南之春，简直美得像一幅画！

绍兴老台门鲁迅故里青旅，门店不起眼，里面却是惊喜连连

若不是走进房间，看见与其他青旅大同小异的高低木床，以及走廊上各种幽默风趣的现代涂鸦作品和留言墙，我几乎不敢相信这是一家旅舍，以往只有在电视剧里才能看到的古代大户人家的生活场景竟成了近在眼前可以触摸的真实，我有些怀疑自己的眼睛。住在这样一个深宅大院里，会不会有种前世身为富家小姐的错觉呢？

清晨，推开窗，下着雨的窗外是恍若隔世的风景。鲁迅先生曾经生活学习过的故居、百草园、三味书屋近在咫尺，纵横交错的小河道里乌篷船摇曳，美好而静谧。

午后，躺在院子的沙发里休憩，隔着透明的玻璃，可以看到头顶的榕树郁郁葱葱，枝繁叶茂，住在这里即便什么都不干，只是躺着晒晒太阳、发发呆、看看书、听听雨打芭蕉，都是一件享受至极的事。

老台门除了拥有无可挑剔的外部环境，硬件设施和住宿条件都是非常不错的。多人间里有空调，位置宽裕，床铺整洁干净，睡得很踏实。卫生间和浴室是公用的，但是很干净，热水供应充足，数量充裕，不用担心排队问题。盥洗室空间宽敞，墙上挂着一面大大的镜子，方便旅客们整理梳妆。住在这里的每一天都令人心情愉悦，好像居家的温暖。

总之，绍兴老台门鲁迅故里青旅是我大爱的一家，强力推荐！

墙上随意的涂鸦，充满童真与幽默

# 绍兴古城的恩怨情仇

初来绍兴，是春暖花开的季节，停留的时间不长，但印象却极好。绍兴不似乌镇、西塘般只是个纯粹的江南水乡古镇，而是有着自己的风格、自己的历史、自己的故事。

行走在绍兴的大街小巷，总有一种在现代与古代反复穿越的错觉，因为这里不仅有繁荣的现代商业化气息，还有那些你不曾留意的小角落里隐藏着的岁月的痕迹。不说别的，光是在

你在船上看风景，我在桥头看你

鲁迅故居

中国历史长河中留下深刻印记的人物便是数不胜数，陆游、王羲之、鲁迅、秋瑾、蔡元培等，无一不为绍兴老城的沧桑柔情书写下浓墨重彩的一笔。

来绍兴，起初是冲着鲁迅先生。先生当年振臂高呼的那句"横眉冷对千夫指，俯首甘为孺子牛"是多么的充满正气，多么的大义凛然，多么的令人敬佩。时至今日，每每读起依旧令人肃然起敬，悲愤感慨。

从鲁迅故居、百草园走到三味书屋、咸亨酒店，我仔细体会着鲁迅先生曾经生活过的点滴，以及他笔下的孔乙己、闰土和一个个活生生的小说人物。过去了那么多年岁，即使儿时课本上描绘的情节早已记不清了，但他们依然生动地活在我们的记忆里，就像鲁迅先生永远活在中国人的心里一样。

刚刚从鲁迅先生的回忆里走出来，又掉进了另一桩令人扼

百草园

腕的绍兴往事里。

　　遥想当年，宋代著名诗人陆游与表妹唐琬彼此深爱，浓情蜜意，也曾海誓山盟，欲执子之手，与子偕老。可好景不长，二人婚后被陆母逼迫分离，陆游再娶，唐琬另嫁，若是从此不相往来也就罢了，可命运却让他们十年后竟在绍兴的沈园偶遇，所有的恩怨情仇一时间交织缠绕，喷涌而出。一杯苦酒下

肚，陆游在沈园的粉壁上题了那首流芳千古的《钗头凤》，以悼念他与表妹唐琬令人惋惜的至深爱情：

"红酥手，黄藤酒，满城春色宫墙柳；东风恶，欢情薄，一怀愁绪，几年离索，错、错、错！春如旧，人空瘦，泪痕红浥鲛绡透；桃花落，闲池阁，山盟虽在，锦书难托，莫、莫、莫！"

美丽多情、才华横溢的唐琬看到陆游的题词后有苦难言，旋即和了一首《钗头凤》：

"世情薄，人情恶，雨送黄昏花易落；晓风干，泪痕残，欲笺心事，独倚斜阑，难、难、难！人成各，今非昨，病魂常似秋千索；角声寒，夜阑珊，怕人寻问，咽泪装欢，瞒、瞒、瞒！"

诗尚且如此愁情，何况是人呢？痴情柔弱的唐琬一时担不住这份无解的错，不久便在忧郁中如花凋逝。从此，陆游和唐琬的爱情悲剧成为千古绝唱，而甘苦交织的爱情依然在人世间百转千回。

此时的绍兴老城飘着雨，不大不小，风，不急不缓，风雨中略带着些愁绪和哀思，像一个历经沧桑的老妪在嗟叹人生的阴差阳错。

这江南的风啊，你何时才能将我的一片深情吹向天际，让人们看看这深情会否化作空中的一片云雨，洒落人间？

这江南的雨啊，你是否也在为我悲情的命运落泪？快些落下来吧，落进大地，落进土壤，把我的眼泪永远封存起来，滋养生命，待来生化成一朵倾国倾城的花，永不被弃……

若是唐琬还活着，见此番江南烟雨，是否也会发出这样的悲叹？

其实，这句话与其说是我自作多情说给唐琬听的，倒不如说是我说给自己听的。此时此刻，我的心情虽无法与当年唐琬被休时的悲苦相比，但我却更能理解她的伤心。一个被迫离去、另嫁他人，一个无奈放弃、远远祝福，同是伤心人。

好想饮酒。虽然来绍兴必尝尝鲁迅先生笔下孔乙己视若生命的家乡老酒，可一个人旅行毕竟有诸多顾忌之处，形单影只，独酌无趣，倘若喝得酩酊大醉，不认归途，倒被人笑话这姑娘是不是失恋了。

虽然失恋是事实，但也不必被人一眼看穿，世人皆知

店酒亨咸

老酒醉人多

小店名气大

鲁迅先生笔下的咸亨酒店，还能看见孔乙己么？

吧。饮酒也只不过是借酒浇愁罢了。三两酒下肚，愁肠打结，只会让愁更愁。索性还是不要让自己身陷那种刻意营造的悲情气氛中吧，该游山玩水就去，该尝尽美味就吃，该肆意疯狂就疯，没有任何人值得我们用酒精迷醉自己，用眼泪同情自己，用死亡折磨自己。

　　唯有饶过自己，才能遇见更美好的那个他。

充满设计感的大厅和古朴的明清桌椅

# 杭州 7
## 国际青年旅舍

青旅的庭院，有一股淡淡的江南味道

杭州国际青旅正门

**推荐指数：** ★★★★★

**地理位置：** 浙江省杭州市南山路101—3号和101—11号

**旅舍特色：** 西湖湾畔、花园庭台、江南别院

**作者体验：** 女生四人间床位（50元）

**联系电话：** 0571-87918948

**设施和服务：** 免费Wi-Fi，书吧，空调，旅游咨询，自助洗衣，代订机票/车票，餐厅，咖啡吧，24小时热水，行李寄存

**房型和价格：** 四/六人间会员价55元/床，非会员价60元/床；大床房会员价265元/间，非会员价295元/间；双人标间会员价255元/间，非会员价285元/间

# 杭州明堂，温暖的港湾

在我住过的所有青旅中，明堂·杭州国际青年旅舍是为数不多的让我五星支持的一家，因为它的各个方面都让我十分满意。

首先，明堂青旅的地理位置得天独厚，位于环西湖的南山路钱王祠景点旁边。从杭州机场，火车站、南站、东站，汽车站，码头都可以坐大巴和公交到"钱王祠路口"下车，走两分钟便到。从旅舍到汽车站、银行、邮局、超市、特色餐厅、咖啡厅及中国美院步行即可到达，休闲购物非常便利。

最重要的是，从明堂出门右转50米就是杭州最美丽的西湖了，西湖十景中的"柳浪闻莺"、"雷峰夕照"、"南屏晚钟"都在附近，每天清晨，从旅舍慢悠悠地环西湖散步，在柳絮纷飞、鸟语花香、草木茵茵的江南看第一缕朝阳普照四方。

黄昏，可以从旅舍散步到河坊街，一条古色古香的步行街让人在恍惚中回到南宋皇城，绸缎庄、礼品店、武大郎的烧饼铺，还有街道尽头的鼓楼古玩市场，足够消磨一个傍晚的时光。

再来说说明堂的环境。初见明堂便被它深深地吸引了，古色古香的仿古建筑看上去像一栋江南别院，灰墙木梁的正中

女生四人间，头顶是一扇天窗

间一块暗黑色的复古招牌格外抢眼，门前蹲着两只石雕的神兽，周围花团锦簇、绿意盎然，让人顿感春天的清新朝气。青旅旁边是旅舍自家的咖啡厅和餐厅，外面坐着几位客人在悠闲地喝着咖啡，晒着太阳。

从自动玻璃门进入大厅，又是一派景象，以深色系的实木为主要材料装修的墙体、桌椅、房梁、玄关、壁柜、书架让人感受到一种古朴厚重的历史气息，弯弯月梁上雕刻精细的花纹，无声似有声的皮影戏灯箱，精美个性的软装和摆设为大厅增添了一丝时尚活泼的气质。据说在大厅中央摆放的四方桌是一张年代久远的古董桌，十分珍贵。

明堂前台的帅哥靓妹们十分热情，我很快办理好入住手续，拿着床单被套往里院走。这里的管理十分有序，进入住宿区需要刷卡，又经过一道自动玻璃门，一方种满花草的偌大庭院映入眼帘，仿古的藤木桌椅、红木的玻璃门窗、苍翠挺拔的箭竹、鱼儿嬉戏的池塘，整个后院清幽宁静，充满江南的古典韵味，让人十分喜爱。

除了位置和环境，明堂的住宿条件也非常不错。我当时入住的是女生四人间，房间不算宽敞，但也足够走动，屋顶是一个敞开式的天窗，躺在床上就可以看见天上的白云流动。这里是需要自己动手铺床的，床单被套干净洁白，有一股阳光的味道。屋子里有空调、小桌子和大储物柜，公共卫生间和浴室在走廊的尽头，男女独立分开，很干净，热水供应充足。公共盥洗池、洗衣机、晾衣处在二楼的廊棚里，复古的青花瓷水盆让人感受到青旅对于细节的完美追求，洗漱池也有热水供应，在乍暖还寒的清晨，让我感受到春天的温暖。

杭州明堂，真的是一家你来了便会永远记住、你走了还想再来的青旅，不仅仅是因为它优越的位置、环境、条件，更重要的是它会带给你一种家的温馨感受。强烈推荐去杭州旅行的驴友们到明堂去体验一下，你会爱上这里的！

# 杭州别恋

2009年4月，大学毕业前夕，我第一次尝试一个人旅行，但是走得并不远，也不久——当时还是穷学生，揣着600块钱从南昌出发，一路住网吧、睡民宿，去了瓷都景德镇、最美乡村婺源，最后一站便是杭州。

到杭州之后，我身上只剩下200块钱，在火车站附近找了一家很破旧的小旅馆住下，发霉的墙壁、简陋的设施、昏暗的灯光，让我顿时觉得很害怕，噩梦连连，只住了一晚便离开了。

在杭州的匆匆驻足，都留给了美丽的西湖，一位给我指路

杭州太子湾公园的郁金香花海，如同置身欧洲的某个小城

西湖四月天，处处是明媚的风景

的老大爷推着单车陪我在西湖边走了一上午，看平湖秋月、苏堤春晓、三潭印月，那时的我对杭州并没有太多的感觉，没有别人口中说的那么美，也没有那么糟。

三年后，2012年的4月，依旧是个春暖花开的日子，我再度来到杭州，而这一次，却有着说不清道不明的复杂情绪。

和S提出分手后，他被公司派去了杭州，我的心情一度非常低落，很想逃避，于是辞职又开始了一个人的旅程。从广东到厦门，见到了大学里和我一同创办手语社的金花、燕燕和建清，毕业三年，大家都经历过许多事，也改变了许多，但唯一不变的是我们之间纯真的友情。之后，我从厦门辗转去了福州、宁波、绍兴，S一直掌握着我的行踪，问我何时到杭州，要找人接待我，他在外地出差，也会尽快赶回来。

也许我心里还没有彻底放下他，还想在了结这段感情之前

柳絮纷飞的西湖边，是个怡情漫步的好地方

再看一看他，于是，我答应了。

　　到杭州那天，鸟叔来车站接我去吃饭，他是S的同事，和S一同被调到杭州，因为鸟叔经常在我和S发生剧烈争吵时充当调停者和倾听者，并且我俩兴趣相投，于是我和他反倒成了

好哥们。

杭州的餐饮业很是奇怪，好像一到饭点，几乎每家餐厅都是人满为患，尤其是当地非常有名的外婆家、绿茶餐厅，简直就跟在菜场抢菜一般，吃顿饭要排上两三个小时的队。我们实在不愿等，鸟叔就找了一家味道很不错的杭帮菜馆为我接风。

饭后我们溜达到西湖，华灯初上的西湖灯影摇曳、流光溢彩，看不清它原来的样子，是不是还与三年前我见过的西湖一样呢？五光十色的音乐喷泉随着旋律的起伏而变幻着不同的造型，围观的游人们兴奋地拿起手中的相机拍来拍去，而我一直盯着那高高扬起的水柱出神，心里不知道在期待些什么。

几天后，S从外地回杭州了，我们在西湖边的一家餐厅里见面，他还是一脸的憔悴和无精打采，看上去一点都不快乐。这两年，我们一直在不断争吵，歇斯底里地吵，已经耗尽了彼此的心力。

S说："我年纪不小了，该结婚了，而我最想娶的人，是你。"

我心里有些被撞击似的疼，但我知道一切都已过去，不合适的两个人走到一起，最终的结局只会是不欢而散。我说：

"对不起，我们真的不合适，你应该找一个贤妻良母型的女人，愿意每天在黑暗中等你回家，我给不了你想要的生活。你也一样，给不了我想要的未来。"

S长吸一口气，"家里最近给我介绍了几个对象，都很不错，可是，我觉得我对不起她们，" S停顿了一会，继续说："无论你愿不愿意嫁给我，无论将来我娶了谁，你永远都是我心里最爱的人，任何人都取代不了。"

我抬起头，强忍住眼里的泪，"我们都忘了彼此吧。"

"不，不可能，我不会忘记你，也请你不要忘记我，哪怕我们做不成恋人，也请让我做你的大哥哥，在你需要帮助的时候想起我，我一定会尽全力保护你。"

"谢谢！"此时，除了谢谢两个字，我还能说什么。

和S漫步西湖边，一轮金色的夕阳悬在雷峰塔顶，船只在湖中摇摆，波光粼粼的水面映着绿树成荫。春天的西湖，繁花开尽、柳絮纷飞、鸟语莺啼，太子湾公园的七色郁金香争奇斗艳，那么美丽，和三年前我见过的西湖有些不同，多了几分妖娆，也多了几分离愁。

在离开杭州前，S请求我，让我亲手帮他把头上的白发拔掉，我看着他的头发从乌黑变成如今根根白发立现，忽然觉得有些酸涩，这几年，他承受的压力也够大的。

就让我们从头开始，拔除情丝，拔掉烦恼，回归两个人的平静吧。

S把拔下来的数十根白发用纸巾包好，递给我，说："留个纪念吧。"

我接过，说："好"。

S和鸟叔送我去火车站，下一站是"上有天堂，下有苏杭"的秀丽小城，苏州。

进站前，S问我："可以为了我留在杭州么？"

我摇摇头，说："对不起。"

背着我的行囊，转身离开，我能想象S眼中的落寞与失望，可是，未来的路还那么长，我们总要重新启程，即使过去有再多不舍和无奈，也要相信，将来，总会有那么一个人，在合适的时间，合适的地点，以最完美的姿态出现在我们的生命中，让我们的生命重燃希望。

再见，S。

再见，杭州。

西湖黄昏下

# 8 西塘忆水阑庭 国际青年旅舍

西塘忆水阑庭青旅大厅

**推荐指数：** ★★★★

**地理位置：** 浙江省嘉兴市嘉善县西塘古镇上西街102弄1&2号

**旅舍特色：** 桌上足球、桌球室、花瓣留声机、位置优越

**作者体验：** 女生六人间床位（40-50元，周末涨价）

**联系电话：** 0573-84562060

**设施和服务：** 空调，液晶电视，无线上网，桌上足球，24小时热水，自助洗衣，免费的洗发水、沐浴露

**房型和价格：** 四/六人间会员价40元/床，非会员价45元/床；家庭房会员价140元/间，非会员价150元/间；单人间会员价99元/间，非会员价109元/间

最爱这个复古典雅的留声机

# 忆水阑庭，江南小院

年前我去西塘是逃票进去的。西塘古镇像个四通八达的小村落，条条小路通罗马，能够进入古镇中心的小弄堂很多，如果你运气够好，碰上无人检查的关口，便可以顺利潜伏进去。当然，这一招可不是免费学的，而是入住忆水阑庭青旅时前台MM告诉我的，那时古镇查票还不算严格，顺着MM说的方向和弄堂，不费吹灰之力就逃票成功了。

忆水阑庭就在这条小弄堂里面，从旅舍步行到西塘古镇最繁华的上西街只需穿过这条弄堂就能到达。

这是一家有着西塘特色的庭院式旅舍，白墙黛瓦，院子里种着参天的青竹。大厅里实木的桌椅板凳和中式装修风格融为一体，时尚又不失怀旧气息。屋顶悬挂着各国国旗，飘飘扬扬；吊顶上垂下的三盏华丽灯饰，古风十足；白墙上贴着精美的梅花壁纸，香气四溢；休闲区动感十足的桌上足球，乐趣无限。

如果这些都不算特别，那么，在上网区域摆设的老式留声机就显得格外抢眼了，做旧的古铜色、鲜花绽放般的外形、雕刻精美的花纹、完好无缺的黑色唱片转台，仿佛将我们带回几十年前的江南富庶之地，悠扬的轻音乐从花瓣里传出，诉说着

趣味十足的桌上足球游戏

精致的雕花灯罩，充满悠悠的江南风情

一场关于爱的故事。只是不知，这台留声机已沦为摆设，还是依然可以发声？

从大厅到房间有一个小院子，院子里摆放着几张实木桌椅，三五驴友正在打牌、玩杀人游戏。阳光透过天窗倾泻下来，洒在每个人的身上，洋洋暖暖，光影流转，若是冬天，坐在这里喝茶聊天晒太阳，是多么令人享受的时光。

六人间里空间有些局促，但是有独立的卫浴，免费提供洗发水和沐浴露，但是从个人体验的感受来说建议大家最好使用自带的，因为那些看似名牌的罐子里装的并不是那个品牌的液体，用完之后总觉得没洗干净。

总而言之，忆水阑庭从地理位置、整体风格、卫生环境、入住舒适度等因素来考量都没有什么太大的毛病，而相比西塘古镇上那些偏高的房价，忆水阑庭低廉的价格也是一大优势，旺季必须提前预订。

所以，如果你是一个享受穷游的背包客，如果你是个喜欢交友的人，如果你也来到西塘，忆水阑庭会是一个不错的选择。

# 西塘：一场等待百年的回眸

**忽**然，只是忽然之间，开始想念悠悠江南的西塘，一阵清风拂过，惊起我所有沉睡的思绪。我怀念那仿若唐诗宋词中的小桥流水人家，怀念那粉墙黛瓦的古老建筑，怀念那遮光避雨的烟雨长廊，怀念那千年古镇中随缘相遇的陌生人，还有，那个真实而凄美的爱情故事……

早在150多年前，西塘还不叫西塘，男女还不允许私订终身，可一个大地主家的千金小姐五姑娘爱上了一个身份卑微、勤劳质朴的长工徐阿天，两人日久生情，在小湖畔对歌私订了终身。

大红灯笼高高挂

西塘的夜

　　这样一对身份悬殊的恋人，在那时注定是要受尽责难的。五姑娘同父异母的兄长杨金元偶然发现了他俩的情愫，极为愤怒，把徐阿天赶出了家门，并拿出刀和绳子，将大门紧锁，逼五姑娘抉择梁上死还是刀下死。五姑娘不愿死，她要活，要和徐阿天一起活着。

　　五姑娘在姐姐的帮助下逃出家，和徐阿天相会，二人亡命天涯，跑到了人少山田多、杨梅枇杷生满山的洞庭西山。可是好景不长，徐阿天被杨金元的妻子诬陷入狱，五姑娘也被抓回家中软禁，在绝望和忧念中被自己的亲兄长活活勒死，曝尸荒野！

　　五姑娘死后，徐阿天悲痛不已，出狱后，他乔装成一个挑换糖担的卖糖人，半夜里把五姑娘的灵位偷走，供在自己家中。杨金元知道后，又狠心折断了他的脚筋。徐阿天丧失了劳动力，只得摇敲梆船沿村乞讨，陪伴着五姑娘的牌位，最后在忧伤和贫病中离开人世，一对苦命鸳鸯终于在另一个世

幽深的巷子通往的是谁的天堂？

界重逢了……

　　清晨，漫步在西塘造型各异的古桥上，穿梭于西塘宽宽窄窄的幽深弄堂里，顾盼着周遭遗留的历史痕迹，时空仿佛回到百年前那个静谧和美的江南水乡，薄雾似纱、倒影流光、花红柳绿、渔歌曼妙，美丽温柔的五姑娘在小河边梳洗打扮，眉清目秀的徐阿天在碧波中摇橹撑船，柔情似水的双眼凝望着深爱的彼此，山歌嘹亮，划破了水乡清晨的宁静，带来了一天的劳作与幸福。

如果当年五姑娘和徐阿天没有遭到迫害与反对，相依相守在这片鱼米富地，会不会也拥有如此平淡而美好的生活？又或者，如果他们生活在当代，是不是就可以利用更多现代化的手段离家出走，双宿双飞？

可是，这一切似乎都是命中注定，注定相遇，注定相爱，注定罹苦，注定分离，那些虚构的完美结局也只能存在于一场梦里。一如我们的结局。

如果说乌镇是一个活在梦里的相遇，那么西塘就是一次等待百年的回眸。这片悠悠江南水乡因为一段凄美的爱情传说而变得更加鲜活动人。

相比乌镇，西塘的层次更加丰富、建筑更加紧凑、商铺更加多元、色彩更加明快、夜晚也更加喧闹，家家户户高悬的大红灯笼照亮了多少人的心，五光十色的酒吧街迷了多少人的眼，流光溢彩的石板桥留下了多少人的脚印，悠悠河水中游荡的七色许愿船承载了多少人的祈盼？

西塘似乎是一个最适合浪漫、怀旧和疗伤的地方，你可以失恋了一个人来这里枕水而居，每天看光影里的小桥流水人家；也可以两个人来这里牵手漫步，细雨中的青石板会照亮幸福的身影；你还可以来这里喝到微醉，对着电话里的那个人放肆地撒野。

西塘就是这样一个充满爱的地方，无论是甜爱还是痛爱，只要来这里，你必感受！

爱在西塘，在西塘寻爱！

西塘的桥，形态各异，总有一座让你喜欢

那爬满廊柱的青藤充满向上生长的力量

# 9

# 乌镇**紫藤**青年旅舍

靠窗的沙发是许多人最喜爱的柔软角落

乌镇紫藤青旅的外观，一座古朴的木楼

**推荐指数：**★★★★★

**地理位置：**浙江省桐乡市乌镇石佛南路18号西栅景区丝作街43号

**旅舍特色：**《向左走向右走》插画、紫藤回廊、自助铺床

**作者体验：**女生八人间床位（60元）

**联系电话：**0573-88731088转2

**设施和服务：**寄存柜、免费无线上网、免费书籍、空调、24小时热水

**房型和价格：**八人间会员价55元/床，非会员价60元/床；六人间会员价75元/床，非会员价80元/床；四人间会员价95元/床，非会员价100元/床

# 在乌镇邂逅紫藤

紫藤青旅的女宾区，粉色系的明艳让心情都变得好起来

**紫**藤青旅是我住过的青旅中最浪漫最富创意的一家，仅仅因为它身处江南水乡的乌镇就足以令人心驰神往。

旅舍坐落于乌镇西栅景区，从游客大厅进入景区之后先乘坐一辆电瓶车，在终点下车后沿着青石板路往酒吧街的方向走十几分钟，顺着指示牌经过一座石拱桥，穿过一片空地就能看见青旅雅致的木制招牌、青砖的不规则拱门和深木色长廊上绿油油的紫藤。紫藤生机勃勃，遮天蔽日，是个纳凉约会的好地方。

紫藤青旅是一栋两层高的木制古建筑，像古时候的大家户院。穿过长廊，走过一座小木桥，就到青旅的大厅了。大厅极为宽敞通透，地面上铺就的是大面积的方石板，还有雕刻精美的木门、镂空设计的木制屏风、做工复古的藤木桌椅、环保简约的藤制灯罩等，无不渗透着江南小镇的优雅和韵味，而休息区简单大方的布艺沙发、矿泉水瓶堆出来的创意五彩指示牌、青砖垒砌的休闲吧台又让人感受到一丝时尚前卫的现代气息。这种怀旧与现代风格的碰撞，让人产生一种时空交错的梦幻感。

闲暇时，独自倚靠在洒满阳光的窗台边，捧一本书，品一杯茶，听一首曲，看一段光阴，这样闲适而幸福的时刻，在紫藤，似乎天天都在上演。

径直走上楼梯，你会惊喜地发现墙上绘着几米漫画《向左走向右走》里的两个男女主人公，女生拖着行李箱向左走，男生背着行囊向右走，中间赫然写着"下楼谈恋爱"，好有爱好浪漫的一幕。而惊喜还不止这些，向左直上，仿佛走进了一个童话般的彩色世界，女生区域走廊、房间的装饰主打粉色系，而男生区则是蓝色系，用涂鸦和色彩来区分空间，这还是青旅的独一家。

旅舍的房间干净宽敞，即使住八个人也丝毫不觉得拥挤，推开窗就能看到郁郁葱葱的风景。屋里虽然没有独立的卫浴，但是公共厕所和浴室就在旁边，数量也多，不用担心排队问题。最令我满意的还是他们家的床。床很大很舒服，结实的实木材质和斜出来的爬梯令人很有安全感，每个床头都有一盏小台灯方便驴友使用。床品的花纹简单清爽、干净整齐，让人仿佛嗅到一股阳光的味道。

紫藤有一个特色，入住的旅客需要自己动手把床单被套铺好，在退房时再拆下来交回前台，这是青旅提倡的自助式服务。第一次碰见这种状况，起初我觉得很麻烦，不就住一晚上么，用得着自己动手吗？后来，当我被青旅的氛围深深感染之后，我会把这里当成自己在乌镇的另一个家，给自己家铺床哪里还会不情愿呢？

虽然紫藤的价格相比其他城市来说偏高，但是相对于整个乌镇动辄几百、贵则上千的酒店客栈，紫藤低廉的价格和舒适的环境真的物超所值。强烈推荐所有去乌镇游览的朋友们可以去紫藤感受一下，但是记住要提前预订哦！

# 许自己一段叫做乌镇的时光

**认**识乌镇，从刘若英开始。这个如水般平静淡泊的女子，用知性感伤的声音诉说着她与乌镇的点滴，宣传片的画面精致而唯美，江南小调悠扬婉转，奶茶清澈乌黑的眼眸恰如乌镇的气质，"来过，便不曾离开"，这句经典的广告语也显得如此清新。

后来冲着她与黄磊，我回顾了一部十年前的电视剧《似水年华》，文和英在小小乌镇的怦然心动羡煞了许多人，却最终选择分离隔海相望，感动了许多人。那时的画面虽比不上现在

乌镇的夜色极美，光影流转

似水年华

的制作精良，却拥有一种宁静淡雅的真实与怀旧感。

　　爱上一座城，从一个人开始，无论那个人是爱人、朋友还是偶像。

　　从那以后，我便不止一次地在梦中神游乌镇。在那片江南水乡里有小桥流水人家，有细雨打湿的青石板，有船夫摇着桨橹在河中游过，有撑着油纸伞穿着旗袍的漂亮女子，有缠绵悱恻的爱情……当梦想照进现实，我还未来得及虚构完整个故事，就早已站在了人头攒动的桥头。

　　夕阳下的乌镇余晖漫天，石板桥下流淌的清清河水披上了一抹霞光，临河而建的亭台水阁镶上了一缕金边。尘世间的市井气息伴着锅碗瓢盆的叮当声弥漫开来，那些或欢乐或忧伤的人儿在黄昏下被裁剪出一个个修长的剪影。

　　华灯初上，乌镇的古戏院、老邮局、白莲塔、酒吧街、枕水人家被绚烂的灯火点燃，水中的光影波荡迷离，流光溢彩，一切恍如梦中。河边的酒吧里传来阵阵悠扬的歌声，分贝大小恰到好处。这是我偏爱乌

古老的乌镇邮局，至今还在为世界各地的游客们寄送着最美好的祝愿

镇夜色的一个原因，她没有西塘的喧闹，没有凤凰的嘈杂，没有周庄的寂寥，亦没有丽江的暧昧，她像一个江南女子野性张扬的外表下有着温柔细腻的内心，令人回味。

辗转于乌镇的每一座古桥，变换着不同的角度和姿势用相机记录这极致的夜色。这里的夜，是我去过所有古镇中最令人魂牵梦萦、流连忘返的。此情此景似乎太过美好，让我担心她会稍纵即逝，于是加快步伐，誓将此人间美景通通收入囊中。其实，是我杞人忧天了，乌镇的美，每天都在上演。

站在桥头，忽然想起刘若英曾说："宁静，可以让伤感隔离，时间，真的不曾改变什么，放开手，送走烦恼。"或许，人生从来都不缺烦恼，只是，当我们变换了一个环境，调换了一个心情频率，烦恼，便自然消失了。可是，你从来都不知道，那天在朦胧的月色中我想起你，一如往常的伤感，时间，不曾改变这里，却悄悄地改变了我们。

当清晨的第一缕曙光洒向人间，平日里繁华热闹的乌镇依然安静地沉睡着，窄窄街巷里的店铺还未开门迎客，路上行人寥寥，反倒衬出古镇的柔软与安宁，偶尔几只瘦瘦的摇橹船咿呀划过，荡起一圈涟漪。垂柳在岸边弯腰照镜，莺燕在枝头唱着清脆的甜歌，鱼儿在水中自由穿梭，挂满露水的爬山虎顺着阳光早已爬满了乌顶白墙。清晨的乌镇，尽显恬淡、怡然。

伴着声声鸡鸣天色逐渐明亮起来了，万顷日光洒在那些古老沧桑的木屋顶上，洒在碧波荡漾的河面上，洒在漫长斑驳的青石路上，洒在一群群新鲜的面孔之上，错错落落地洒满了整个水乡。此时，乌镇也将从自己的梦中醒来，迎接她一天的忙碌和喧哗。

这样的早晨，繁花开尽，微风不燥，独自漫步在乌镇的烟雨长廊，没有炊烟，没有细雨，唯有风铃声声，摇曳河畔。思绪游离，想起那天在杭州与S之间沉重的对话，我们就像《似水年华》里文和英的结局一样，最终选择分离，相忘于江湖。如果世间没有那么多相遇，如果相遇没有那么多争吵，如果争吵没有那么多眼泪，如果眼泪可以被你及时擦去，或许，今时今日，乌镇将不止有我一个人的足迹。

摇摇头，赶走忧伤，抬头望去，一块略显残旧的木制招牌引起了我的注意——"似水年华红酒坊"，右下角是黄磊的签名，难道这就是当年《似水年华》里文和英的爱情纪念地？这里面究竟藏了多少不为人知的故事和精彩？只可惜，时间尚早，大门紧闭，而我归期已定，无缘一见。

我还记得故事的结尾文说的一段话——有个诗人，叫聂鲁达，他说："当华美的叶片落尽，生命的脉络才历历可见，是不是我们的爱情，也要到霜染青丝，时光逝去时，才能像北方冬天的枝干一般，清晰、勇敢、坚强？"

我们都曾在爱中挣扎，也在爱中学会勇敢坚强，只要我们还相信爱、渴望爱，就会在繁花还未开至荼蘼的似水年华里

只是一栋不起眼的建筑，在蔚蓝湖水的倒映下却有着斑驳沧桑的美

邂逅属于彼此的那段情。

　　许自己一段叫做乌镇的时光，只因我们，还拥有爱。

苏州明涵堂青旅时尚漂亮的休闲区

10

# 苏州**明涵堂**
## 国际青年旅舍

青旅里可爱的猫咪

**推荐指数：**

**地理位置：** 江苏省苏州市广济路新民桥堍（山塘街街口）

**旅舍特色：** 百年老宅、花园庭院、山塘街口

**作者体验：** 四人间床位男女混住（45元）

**联系电话：** 0512-65833331

**设施和服务：** 代收信件及邮包，贵重物品寄存，24小时热水，DVD房，棋牌设施，洗衣干衣，单车租赁，中西餐，国内电话，租车，酒吧，免费上网

**房型和价格：** 四/八人间会员价50元/床，非会员价60元/床；双人标间会员价160元/间，非会员价180元/间；家庭房会员价220元/间，非会员价240元/间

青旅一角

# 明涵堂

论外部环境，明涵堂绝对可以评到四星以上，当我第一眼看见这栋拥有400年历史的江南老宅子时，也对它心驰神往。外边的小院子里草木葱茏、繁花似锦，可爱的狗狗正在和猫咪玩耍，惹人怜爱。走进大厅，个性化的装修风格充满江南韵味，阳光透过天顶的玻璃窗直射在青灰的石板地上，影影绰绰；木制长桌上摆放着各种盆栽、鲜花，鹅卵石铺筑的小池塘里鱼儿在水中摆尾，颇有苏州园林的雅致精巧；艳红的布艺软沙发让复古的大厅变得鲜活起来，角落的书柜里摆放着琳琅满目的书籍杂志，若是晴好的天气，窝在沙发里晒着太阳读着张爱玲的书，着实有一番小资情调。

若是想感受姑苏小城的古韵悠远，旅舍一出门便是著名的文脉古街——七里山塘街了。夜色下穿过一个挂满大红灯笼的回廊，小桥流水、白墙黛瓦的江南水乡美景便跃然眼前，在这里你可以就近品尝到各种苏州特色小吃，蜜汁豆腐干、枣泥麻饼、猪油年糕、蟹黄包、生煎包、松子糖、虾子酱油等等，应有尽有。吃完美食，你还可以到临街的各种古玩店、民间手工艺品店、手信店逛逛，或者找一间酒吧、咖啡馆坐坐，与朋友聊天畅饮。若是对苏州评弹和民间曲艺感兴趣，你也可以到旅舍附近的昆曲馆一坐，听听小曲儿，品品清茶，享受悠闲的假日时光。

苏州现在有多家青旅，除了明涵堂，还有明堂、小雅、桃花坞、浮生四季等，选择的余地很大，驴友们可以根据地理位置、价格、条件的需求选择最适合自己的。

苏州明涵堂青旅，大堂环境很好，可惜卫生条件太差了

# 在苏州平江路卖唱

**我**有一个梦——

我想流浪，一个人，看遍世界的风景。

我有一个梦——

我想歌唱，大声歌唱，让全世界都听到我的声音。

如果说，旅行是我这一生最大的梦想，那么歌手就是我这辈子最向往的职业。

记得小时候，我在校舞台上唱了一首儿歌，得了全校的第二名，妈妈高兴坏了，但是爸爸却觉得没什么了不起的。后来上高中，我想考艺术类院校去学音乐，但是爸爸认为只有不会读书的孩子才去学艺术，我不得不打消这个念头。再后来上大学，我误打误撞地参加了几个歌唱比赛，获得了还不错的成

平江路上古老的房子

趴在小店门前慵懒的狗狗

绩。工作以后，经常跟同事们去KTV唱歌，大家都对我刮目相看。朋友们都鼓励我去参加什么超级女声、中国好声音的选秀节目，只有我清楚，我没有接受过正规训练，还达不到专业水平。

我曾经想过，如果有一天，我旅行的经费不够了，就推个小拖车，买一台二手音响，去街头卖唱，这个对专业要求低一点。

那天，从苏州的七里山塘街走到平江路，这座充满历史文化底蕴的姑苏老城在小桥流水、粉墙黛瓦的映衬下显得清幽雅致，古朴宁静，像一个秀外慧中的小家碧玉，惹人怜爱。

与山塘街相比，平江路显得更加有文艺气息，露天的咖啡厅、悠闲的书吧、老派的茶馆、精致的小店，让人行走在千年古街上时又可以领略到现代文明的时尚魅力，既沉静又鲜活。

一把吉他，一台音箱，一副会唱歌的好嗓子

　　在一栋灰瓦白墙的老建筑门前，一个穿着黑色T恤、蓝色牛仔裤的流浪歌手正在调试着手中的吉他，倚靠在墙边的黑色音响里传来悦耳的吉他声，他的面前是一个吉他背囊，里面躺着一元、两元、五元、十元的零碎钞票。

　　我一直很羡慕那些有勇气站在人来人往的大街上弹着吉他的流浪歌手，虽然他们的收入很不稳定，有时候还要看老天的脸色吃饭，可是，他们的心是自由的、快乐的，因为他们热爱音乐、热爱唱歌，能从事自己喜欢的职业就是一件幸福的事情。

　　闲来无事，我便坐在河边的长凳上，静静地听他唱歌。他的话筒很简陋，是一只挂在耳朵上的麦，但是声音却很好听，有一种温柔磁性的沧桑感，一首《有多少爱可以重来》让我听得如痴如醉。

一曲结束，男生拿着一张用牙膏盒子做成的简易歌单走过来，说："大家喜欢听什么歌可以随便点，如果有朋友想上来唱歌，随时欢迎。"

我被他后面那句话吸引了，心想，反正这里也没人认识我，就当为自己今后街头卖唱预演一下吧。

于是，我壮了壮胆子走到他面前，问："我可以来一首么？"

男生有些惊讶，说："可以啊，你想唱什么歌？"

"刘若英的《原来你也在这里》。"

男生一边调试着吉他，一边让我试音。看着台下凝神望着我们的陌生人，我忽然觉得很有趣。从来没有在大街上当众唱过歌，这种当流浪歌手的感觉还挺不赖。

随着轻柔舒缓的吉他声渐渐响起，我将自己带入到优美的旋律当中，尽情地享受着：

请允许我尘埃落定，用沉默埋葬了过去

满身风雨我从海上来，才隐居在这沙漠里……

一曲终了，掌声、欢呼声四起，我不好意思地笑了笑，说："谢谢大家，请多多支持这位帅哥。"

忽然，人群中有一个声音响起，说："再来一个，再来一个！"

街上看热闹的游客越来越多，大家纷纷用或好奇、或期待的目光看着我们，有人用相机拍照，有人往背囊里投钱，还有人停下自行车在一旁静静观望。

我和男生相视一笑，"那，再来一首？"

"好啊，就陈淑桦的《梦醒时分》吧。"

吉他声悠悠地流淌，我闭上眼睛静静地唱着：

早知道伤心总是难免的

你又何苦一往情深

因为爱情总是难舍难分

何必在意那一点点温存……

似乎情绪被带入到一种莫名的悲伤之中，想起那天S说："我不想想你，却还是忍不住要想你"，有些难受。

其实，爱情就像音乐一样，如果没有相匹配的旋律和歌词，终究形成不了完美的共鸣。

曲终人未散，我的表演结束了，大家很给力地报以热烈的掌声。

我把麦克风还给男生，他说："谢谢你，你歌唱得真棒。"

我说："你也是，加油！"

回到长凳上，我继续听男生唱着他的歌。

原来，舞台并不一定要有多华丽、多气派，无论是红地毯还是马路边，只要自己心中的信念不息、理想不灭，走到哪里，哪里就是舞台！

平江路小店，花开似锦

屋外，是一片草木葱茏、隐世独立的露台

# 11
# 南京夫子庙
# 国际青年旅舍

洒满阳光的午后，坐在青旅的沙发上休息看书聊天，是一件非常享受的事情

**推荐指数：** ★★★★

**地理位置：** 江苏省南京市秦淮区夫子庙平江府路68—3号（平江桥北桥头第一家）

**旅舍特色：** 夫子庙旁、户外露台、古典韵味、古筝幽幽

**作者体验：** 女生八人间床位（45元）

**联系电话：** 025-86624133

**设施和服务：** 24小时热水，自助洗衣，户外空间，餐厅，酒吧，台球桌，DVD房，无线上网，行李寄存，自行车租赁，杂货铺

**房型和价格：** 八人间会员价45元/床，非会员价50元/床；六人间会员价50元/床，非会员价55元/床；大床房/标间会员价140元/间，非会员价150元/间

精致的灯盏

# 夫子庙青旅，环境一流

**南**京夫子庙国际青旅是南京最早的一家YHA青旅，已有近十年的历史，地理位置非常优越，地处秦淮河畔、夫子庙步行街街口，周边景点、饭店、小吃街、商场、银行、公用设施一应俱全，非常便利。

从"夫子庙"公交站台下车以后，沿着平江府路的方向直行约200米，就会看见青旅低矮的大门，浅色的木制门框上嵌着白底蓝字的旅舍招牌，乍一看不太起眼。但是走进青旅大门，穿过一条长长的杂货铺走廊，来到大厅你会发现别有洞天，惊喜连连。

狭长的大厅里空间被充分利用起来，左侧靠窗的空间里整齐划一地摆放着数张浅蓝色的布艺沙发，一只黄色的小花猫正窝在沙发里酣睡，房梁上垂挂着一盏盏带有莲花坠子的白色灯笼，阳光透过落地窗从屋外斜射进来，将原本略显昏暗的色调变得明亮起来。

过道中间有大红色的粗壮廊柱和暗绿色的桌柜，顶上挂着几盆吊兰，一架精致的古筝静静地躺在柜子上，随意弹拨几根琴弦，清亮优美的声音悠悠传来，让我想起秦淮八艳之一的才女李香君坐在秦淮河边弹奏古筝时的幽怨与哀伤。

南京夫子庙青旅，门店看似不起眼，里面却别有洞天

过道右边的墙体内嵌入了一张四四方方的白色壁柜，摆放着琳琅满目的小饰品和书籍杂志，颇有些文艺小清新的风格。

再往里走，右边是一个装修个性奢华的酒吧吧台，柜子上陈列着各种各样的酒水，一到夜晚，这里霓虹闪烁、灯火阑珊，几个弹着吉他的外国男子一边唱着一边喝着，大厅里所有的人都被感染，一起唱歌跳舞，热闹欢腾。

往左看去，一张长方形的纯白色桌子配以八把白色的椅子，色彩从刚才的大红大绿一下子变得清爽自然，一台超大屏的液晶电视嵌在正对桌椅的柜子里，这里是驴友们看电视、玩三国杀和"杀人"游戏的最佳位置。

左转走过一扇大门你会看到一片开阔的户外露台，苍翠繁茂的绿色森林环绕着，秦淮河水静静地流淌着，仿古的木制桌椅上描绘着精美的图案，置身其中，仿佛繁华都市中的幽静小院，听着舒缓的《高山流水》，望着河畔的灯火，脑海中反复出现那唱着《玉树后庭花》的商女哀怨而婉转的身影。

看到这里，我已经对这家青旅古朴又华丽的装修设计感到叹为观止了，而越往里走，越会发出"哇！好漂亮"的惊叹。墙上"接天莲叶无穷碧，映日荷花别样红"的精美彩绘和举着寿桃的中国娃娃涂鸦充满古典韵味，桌球厅里造型别致的漂亮灯盏、安静陈列在旁的典雅书架、个性创意的小巧摆件使整个空间看上去温馨、浪漫。

整个青旅的公共区域就像北京的798文化创意广场，充满现代西式的设计元素，而又不失南锣鼓巷的典雅别致。这或许是我住过的青旅中，在公共区域的布置上最为用心的了。

相比青旅让人惊艳的公共环境，住宿条件稍微有些弱，但也是不错的了。八人间的屋子空间有点狭窄，摆了四张白色的高低床，每个床头都有台灯，供驴友们夜间使用，下铺的床沿儿有些低，起身经常容易磕到头，屋子里有空调，不开空调就会很闷热，不过有一点好处是房间里有独立卫浴，还算干净，各方面的设施也算齐全。

总体而言，夫子庙青旅的位置、环境都非常棒，如果住宿条件再稍稍改进一下，就完美了。我给四星！

# 十里秦淮，几世风雨情

印象中，似乎到过的许多内陆省会城市都是大同小异的，众多的人口、密集的交通、鳞次栉比的高楼大厦、满目繁华的商业街市，因此，我以为南京也不过尔尔，并不抱多少期望。但是，当我真正踏足这座六朝古都，我才发现它的厚重、沧桑和底蕴。

雄伟壮观的中山陵、气氛凝重的南京大屠杀纪念馆、悲壮凄绝的雨花台、历史悠久的明城墙、风景秀美的玄武湖公园、

桨声灯影连十里，歌女花船戏浊波

夕阳斜照下的乌衣巷、光影流转的十里秦淮……每到一处，便是截然不同的场景，轮换着天差地别的心情。

正如朱自清老先生所言，"逛南京像逛古董铺子，到处都有些时代侵蚀的痕迹。你可以揣摩，你可以凭吊，可以悠然遐想。想到六朝的兴废，王谢的风流，秦淮的艳迹……"

因挨着住所的缘故，我常常一个人晚上走到秦淮河边散步，望着流光溢彩、木桨声声、热闹喧嚣的秦淮河发呆游思，想起那些早已还给语文老师的古诗，"商女不知亡国恨，隔江犹唱后庭花"、"旧时王谢堂前燕，飞入寻常百姓家"，原来写作的背景就是眼前的这座南京城，如今读来，倒有些浅浅的凄凉之感。

"梨花似雪草如烟，春在秦淮两岸边，一带妆楼临水盖，家家粉影照婵娟"，孔尚任在《桃花扇》中曾这样描绘当时秦淮河畔的繁华景象。在明清时代，这里就是王公贵族寻欢作乐的纸醉金迷之地，"桨声灯影连十里，歌女花船戏浊波"，可以想象当年这里是何等的灯红酒绿、歌舞升平之风月景象。"画船箫鼓，昼夜不绝"，每天秦淮河中摇曳的画船里都会传来箫声鼓声丝竹声，彻夜不停，昼夜更替，是风花雪月还是醉生梦死？

如今的秦淮河在经历了一系列的历史变迁后又恢复了往日的神韵，两岸古色古香的建筑群鳞次栉比、粉墙黛瓦、飞檐漏窗、雕梁画栋，大红灯笼高高挂起，流行音乐不绝于耳，夜色下仿佛又重见当年画舫凌波，笙歌彻夜的繁华。

殊不知，在这如梦如幻的秦淮河畔，还上演了不少凄艳哀绝的风流韵事。诸如李香君与侯方域，两情相悦却只道世事无常；陈圆圆与吴三桂，王侯美人最终天人两隔；董小宛与冒辟疆，才子佳人，终归是有情无缘……旧时代的爱情悲歌、生离死别，荡气回肠，令人叹惋。如今走过秦淮河畔的李香君故居——媚香楼，怀古之情油然而生。

遥想当年温柔纤弱、琴棋书画样样精通的妙龄艳姬李香君，遇上风流倜傥、才华横溢的翩翩少年侯方域，两人一见倾心，暗生情愫，以一把绢面宫扇情订终生。这本应是一段才子佳人式的浪漫爱情故事，只可惜生错了时代，在明清更替的动荡岁月里，这样的爱情故事也只能沦为历史的悲剧。

李香君，虽为妓女身，大义守忠贞

南京李香君故居，如今斯人已去，留于后人凭吊哀悼

　　为了迎娶李香君，身无长物的侯方域获得了友人杨友龙及时资助的一笔丰厚聘金，却被聪明伶俐的香君察觉，一番追问下才知是宦官魏忠贤的余党阮大铖为拉拢侯方域才托杨友龙匿名捐赠的，香君一怒之下变卖首饰坚决退回。

　　阮大铖从此怀恨在心。弘光皇帝即位后重用阮大铖，他便趁机清除异己，陷害侯方域，侯方域无奈，挥泪离开香君，投奔到正督师扬州的史可法麾下，抗清报国，一展抱负。这段短暂的爱情也仓促地画上了一个伤感的句号。

　　自侯方域离去后，李香君洗尽铅华，闭门谢客，天天凝视着那把定情的绢扇。阮大铖乘人之危，妄图将香君推入火坑，为奸臣田仰牵线搭桥，欲让两人联姻，拆散她与侯方域这对鸳鸯，聊泄心中积愤。

　　可忠贞不渝、深明大义的香君怎会屈服？强娶之日，她被逼得无路可走，一头撞在楼板上，面血飞溅，染得诗扇上血迹斑斑。杨友龙为李香君的贞烈品性感慨歔欷，不禁提笔，借香君之血在扇中画出了一树桃花，这便是如今陈列在李香君故居里的那把桃花扇了。

关于李香君与侯方域的结局，历史上版本不一，有说香君最终疾病缠身，无缘得见侯方域最后一面，含恨而死；有说国破家亡后，香君与侯方域双双出家，不问尘世；还有说香君嫁与侯方域为妾，最终被赶出家门，寂寥而死。

无论是何结局，李香君的一生都是命途多舛，充满悲剧色彩的。

走在小巧宁静、清幽淡雅的媚香楼里，看着院内丹桂、藤萝、蕉影婆娑，文物、画卷古迹斑斑，闺房、客厅人去楼空，心中怅然若失，遥想当年李香君与侯方域在此度过了一段多么美好而缠绵的浪漫岁月啊！那墙上虚拟的幻象里，一个绿衣轻纱的纤纤女子坐在园中弹着古琴，琴声婉转幽怨，身旁蝴蝶翩然飞舞，一幅岁月静好、与世无争的唯美画面。倘若生在这个和平年代，他们还会相遇、相爱、相知、相许么？

千百年后，再回首，一切都已是沧海桑田、物是人非。十里秦淮，几世风雨，多少旧事，如今湮灭在这一江春水之中，再也寻不见，摸不着。风华绝代的红颜艳姬也好，悲欢离合的苦情痴恋也罢，只能留待后人评说……

用血染红的桃花扇，诉说着那个悲情的女子坎坷的命运

由苏联设计师设计的三层红砖木瓦房，像间隐居山野的小别墅

# 武汉**探路者**
## 国际青年旅舍

12

郁郁葱葱的大院子里摆着几张休闲的木桌椅

青旅门口巨大的白色帆船，船体的涂鸦诙谐可爱

**推荐指数：**★★★★

**地理位置：**湖北省武汉市武昌区中山路368号（湖北美术馆内）

**旅舍特色：**苏联设计师建造、涂鸦彩绘、文艺小清新

**作者体验：**女生四人间床位（50元）

**联系电话：**027-88844092

**设施和服务：**酒吧，书吧，餐厅，宽带上网，无线Wi-Fi，电视影院，代收信件及邮包，贵重物品寄存，24小时热水，卫星电视，棋牌

**房型和价格：**六人间会员价40元/床，非会员价45元/床；四人间会员价50元/床，非会员价55元/床；家庭房会员价140元/间，非会员价150元/间

# 探路者，浓郁的文艺风

**从**湖北美术馆旁边的小巷子里刚走到探路者青旅门前，我就被那一整面大型的涂鸦墙和白色的大帆船吸引住了。帆船上惟妙惟肖的人物涂鸦和电线杆子上色彩缤纷的旅舍招牌字体让人瞬间感觉到一股扑面而来的艺术气息。

或许是因为毗邻湖北美术馆，探路者青旅耳濡目染，旅舍的装修设计自有一套清新的艺术风格。

从大门走进去，一个偌大的户外庭院繁花似锦、绿意浓浓，摆设着一张台球桌、几把遮阳伞和休闲座椅，一栋三层高的红砖楼房掩映在草木葱茏的树荫下。这是20世纪50年代苏联设计师设计建造的，至今仍保留着一丝西欧建筑的怀旧风格，前厅人字形的木瓦房顶就像隐居山野的木屋小别墅，给人一种遗世而独立的清静之感。

走进旅舍，发现这里的一切布置摆设都充满了设计感和新鲜创意。休闲区格外充满情调，半圆形的砖头拱门、复古考究的藤木桌椅、朦胧柔和的灯光、墙上随性的涂鸦和手语、稀奇古怪的装饰品非常有趣，洒满阳光的小院子里充满了时尚、快乐、年轻的动感元素，轮胎做的特色吊灯刷上五颜六色的图案，砖壁上彩虹和鱼儿的个性彩绘十分惹眼。若是阳光午后，不愿出去，便静静地坐在这里，点上一杯咖啡，读一本中意的小说，享受这种慵懒到毫不费力的生活，着实是一件美好的事。

越深入旅舍内部，越会发现这家青旅对于墙面和色彩的运用简直到了登峰造极、无人能敌的地步。从大院子外的围墙、帆船到大厅、休闲区、院子、餐厅乃至走廊、卧室，大到几平方米的白墙，小到几十公分的砖面，全部使用了大量色彩繁

连楼道都是五颜六色的彩绘

复、造型各异的涂鸦彩绘，或艺术、或风趣、或可爱、或精美，仿佛走进了一座涂鸦艺术殿堂，无论走到哪里，都带着一股浓浓的文艺气息。

而且，探路者的气氛非常热闹，非常温馨。每到夜晚，驴友们从外面游玩归来，便会聚集在公共区域要么聊天、要么打牌、要么打桌球、要么看电影、要么玩杀人游戏，整个空间都充斥着欢笑声和聊天声，像是一个大家庭，亲切而友爱。

相比之下，旅舍的住宿条件虽不及外部环境那般出彩，但综合来看也非常不错了。

旅舍的大部分房间都有独立卫生间及洗浴设施。我入住的是四人女生间，价格相比其他地方有一点小贵。屋子宽敞干净，墙面采用暖色调油漆喷涂，让人觉得温馨舒适，上下铺是原木床，暖暖的感觉，睡起来很舒服。房间里的独立卫浴空间有些窄，但是设施齐全，完好无缺。

另外，旅舍附近有多趟公交车可以到达黄鹤楼、武汉大学、湖北省博物馆、武汉长江大桥、户部巷等景点，方便快捷。

住在探路者，会让你有一种回到家的放松和温暖，我喜欢这里，希望你们也会喜欢。

# 武汉，吃货的天堂

**来**武汉，没别的目的，就是吃。

身为一个地道的吃货，趁着环游中国的机会，势必要将天下美食悉数尝遍，哪怕路途遥远，增膘长肥，也在所不惜。

但是，为了节省旅费，不到万不得已，吃货是不会奢侈到一个人去饭店里炒个菜点碗汤的。因此，拥有众多名小吃的武汉就成了我的天堂，因为在这里，既能够吃到各种各样诱人的美食，又花费不了太多银子就能让我的小胃求饶。

武汉人常说："户部巷过早"。"过早"就是吃早饭，早饭对于武汉人来说非常重要，他们很自豪地说在武汉过早可以

武汉新开发的商业街，楚河汉街。虽为汉街，却充满欧洲风情

临街而立的老字号食店餐铺多如牛毛，像一个汉味早点的博览会

三个月不重样，可见早餐内容之丰富、品种之繁多：热干面、三鲜豆皮、汤包、汤圆、蛋酒、米耙粑、面窝、烧梅、欢喜坨、发糕、锅贴饺、鱼汁糊粉、糯米包油条等，这些只不过是大家最钟爱的一部分，还有更多的恐怕十双手都数不过来。

而一提到武汉过早的地方，几乎每个人的答案都是——户部巷，这是一条明清建筑风格的百年老街，临街而立的老字号食店餐铺多如牛毛，让人眼花缭乱，像一个汉味早点的博览会一样，每天从早到晚都是摩肩接踵的食客，热闹无比。

在这里，你会看见食客不论男女老少、阶层年龄，都会毫不顾忌地站在街头巷尾，端着大大小小的各色纸碗，旁若无人、津津有味地大嚼大咽，那种酣畅淋漓、浑身冒汗的吃法看着还真挺带劲儿。

要说我最喜欢的武汉小吃，那就非蔡林记的热干面莫属了。

　　热干面是武汉最有名的小吃，而百年老店蔡林记是武汉最有特点、最有名气的一家热干面店。这里从早到晚的客流量大得惊人，常常一个坐台后面都有几号人在排队等着，高峰期更是连走廊、门外都是等位的食客。据说这里的热干面每天随随便便都要卖出去上万碗。这不是没有道理的，因为蔡林记的热干面的确与众不同，十分美味。

户部巷里的各种美食小吃，馋到流口水

　　传统的武汉热干面，面条纤细，根根有筋力，色泽黄亮油润，在滚汤中泡上一会，捞出，不带一点汤水，拌以香油、葱花、辣椒、芝麻酱、萝卜丁、花生米、五香酱菜等配料，面条就着热劲完全膨胀开来，把芝麻酱的清香甜淡完全吸收，吃起来爽滑筋道，滋味鲜美。

　　和其他地方的热干面不同，蔡林记选用的芝麻酱不是普通的白芝麻，而是更加纯正香浓的黑芝麻酱，黑乎乎地搅拌起来看似不太美观，但是吃起来却是唇齿留香，让人赞不绝口，顿时一股踏实的幸福感和满足感溢满口腔，流过心头，叫人回味无穷。

如果让我评选中国的十大面条，我定会将武汉的热干面排在第一位，其次才是成都担担面、兰州牛肉拉面、新疆过油拌面……

除了蔡林记的热干面，四季美的汤包、老通城的三鲜豆皮、小桃园的煨汤、老谦记的牛肉豆丝、五芳斋的汤圆、顺香居的烧梅、小香锅的土豆粉、周黑鸭的鸭脖等等都是到武汉必吃的特色小吃。

武汉人说"户部巷过早"，其实下面还有一句，"吉庆街消夜"。

池莉的一部小说《生活秀》和同名电影让吉庆街名声大噪，这条不足两百米长的小街白天清冷寂寞，一到夜幕降临，霓虹灯亮起，便立刻复活，简易的圆桌板凳连绵排开，卖花的、卖唱的、弹吉他的、拉二胡的、吹笛子的、擦皮鞋的……你还没搞清楚这些人是突然从哪个角落冒出来的，他们已经甩开嗓子吆喝着和你做起了生意。

这里没有高级餐厅、没有咖啡茶吧，不文艺也不小资，这里只有大排档、小吃摊、火锅店，人们放开肚皮，喝着啤酒、啃着鸭脖、涮着火锅，一股浓浓的市井生活气息。如今，无论是武汉本地人，还是各地的游客都会约上三五好友来此欢聚，不光是为了吃而来，更多的是来享受这里自由的氛围和领略特色的汉味风情。

但是，奉劝你千万不要一个人来吉庆街，否则，你就会像我一样被淹没在人声鼎沸的海洋和音乐戏曲的潮水中，看着旁边有说有笑的人们，独自舔舐孤单寂寞的滋味，极不好受。

武汉的美食不胜枚举，说上三天三夜恐怕也说不全。

只有你真正来到武汉，走进这里，吃上两天，才能领略到它舌尖上的诱惑和魅力。

作为吃货，我只想说，武汉的的确确是一个美好的天堂。

来吧，堕落在此吧！管它的形象身材、去它的恩怨情仇，都索性不理了，尽情享受当下的美味，那才是最实实在在的满足和真真切切的幸福。

琳琅满目的小吃

青旅的前台，暖黄的灯光让人觉得温馨

# 长沙
## 国际青年旅舍
13

青旅的后院花园里，桌球和桌上足球游戏等你来玩

小猪妹，你这睡姿真销魂

**推荐指数：** ★★★★★

**地理位置：** 湖南省长沙市东风路下大垅东风二村工商巷61号

**旅舍特色：** 隐居闹市、童趣布置、小狗猪妹

**作者体验：** 八人间床位男女混住（35元）

**联系电话：** 0731-82990202

**设施和服务：** 私家花园，DVD放映娱乐室，书吧，适合聊天下棋的休闲区，台球，乒乓球，桌上足球，大厅网吧，自助洗衣，全方位无线宽带，中央热水

**房型和价格：** 八人间会员价30元/床，非会员价35元/床；四人间会员价35元/床，非会员价40元/床；大床房会员价88元/间，非会员价98元/间

# 湖湘驿，充满儿时的记忆

**长**沙国际青年旅舍也叫湖湘驿国际青年旅舍长沙省博物馆店，是YHA旗下的长沙第一家国际青旅。旅舍位于东风路湖南省博物馆附近，距火车站和民航巴士站仅十分钟左右车程。从这里出发，去往省博物馆、烈士公园等景点只需步行，去往长沙繁华的商业街和市区景点也有数条便捷的公交线路。

湖湘驿地处闹市的居民区，但十分幽静。要想到达的话，需乘公交至"下大垅"站，过马路，穿过一条热闹的小巷子，你会看见沿街琳琅满目的鲜花店、水果店、小超市、餐饮店，再右转进一条小路，往前走几十米，就能看见一栋隐蔽于绿色丛林之中的红色砖房了。

青旅的装修设计十分时尚、个性、温馨。红砖堆砌的复古前台，阅读区里梅花点点的巨型折扇，墙面上活泼可爱的手绘天气提示，休息区暖黄的灯光下亮丽的柔软沙发，花木茂盛、清幽宁静的私家花园里咿呀摇摆的木制秋千，让人有种宾至如归的温暖。

然而湖湘驿还有着一种与众不同的气质和文化，就是处处

大厅里放着儿时玩的经典卡带游戏，随时随地回归童年

充满了童真，勾起人们儿时的记忆。那墙上五彩斑斓的涂鸦手绘墙和留言墙有种几米的漫画风格，像一个欢乐的儿童乐园，大厅木桌上醒目的电视机里播放的是我们年少时玩的经典卡带游戏坦克大战，后花园里亮黄色的简单线条勾勒出我们儿时玩的小游戏跳房子……用游戏带我们回到自己的童年时代，能想出这样别出心裁的创意，想必这家店的老板也是个很爱怀旧的人吧。

我喜欢这家青旅，不仅仅在于它的环境，还有它为旅客提供舒适温馨的住宿条件。湖湘驿的住宿区在二楼，多人间与大多数青旅无异，但公共区域的设计比较特别，盥洗室、淋浴室、晾衣处都是男女分开、互不干扰的，位置很宽敞也很干净。你不用担心洗完澡出来撞见一个陌生异性等在门外的尴尬，也不用担心晾晒的小内衣裤被异性看见会不好意思，这一点，让我觉得青旅为驴友们考虑得非常周到而细致。

不仅如此，在我住过的青旅中，湖湘驿是服务态度很好而且很有人情味的一家青旅。前台的小美眉和小帅哥都非常有礼貌，有问必答，耐心十足，而且很有爱心。青旅里有一条腿短身子长的小母狗叫猪妹，走起路来憨态可掬，惹人怜爱。我入住时可怜的小猪妹眼睛里长了一颗豆大的小肉瘤，前台MM说要凑钱给她动手术，大家就给设了一个爱心捐款箱，等筹到200块钱就带她去宠物医院治病。看着小猪妹乖巧可爱的模样，我把身上所有的零钱都捐了，期待着小家伙能赶紧康复。在我离开长沙一个月以后，青旅的前台MM在微博上告诉我猪妹的眼睛已经动完手术痊愈了，我打心底里感到高兴和欣慰。

这就是湖湘驿带给我的回忆，像儿时的单纯、美好、快乐，有人性的温暖、感恩、幸福。

如果有一天你去到那里，记得替我摸一摸可爱的小猪妹。

## 走进湖南电视台

长沙最有名的除了臭豆腐、口味虾，就属湖南卫视了。从这里走出来的明星、主持人真可以用车载斗量来形容。

我大学学的专业是新闻，读书时对于未来的憧憬很多，一会意气风发，誓要做一名"铁肩担道义、妙笔著文章"，讲真

飘雨的湘江边，远眺雾霭层层的岳麓山和橘子洲头

话、摆事实的社会民生记者；一会兴趣使然，想做一个成天可以采访明星大腕的娱乐记者；一会痴人说梦，想要成为一名像杨澜、李湘那样伶牙俐齿的名主播。但不论从事哪一种职业，我就是要留在传媒界。

那时候，湖南卫视带给我的影响是很大的，作为地方电视台的标杆，湖南卫视的地位无人能及。每天，我们宿舍的电视里就轮番上演着快乐大本营、超级女声、娱乐无极限、越策越开心和各种爱情泡沫剧，大家都特别爱看。

我尤其记得李宇春当上超女冠军的2005年，当时每周一次的现场直播几乎到了万人空巷的地步，大家都守在电视机前为自己喜欢的选手投票加油，为离开的选手伤心流泪，甚至一晚上睡不着觉。

想当年，湖南卫视就是我们课余生活最主要的伙伴，甚至比和男朋友约会的时间还长。

那时候我就在想，要是以后能进湖南卫视，哪怕从最底层的工作干起，一步步朝我的目标迈进我也乐意啊。

但是后来，我没有如愿，因为电视台的招聘几乎很少对外，何况是全国数一数二的电视台，多少名牌大学出身、才华横溢的尖子生挤破了头都想进去，哪里轮得上我？

毕业之后，我随父母来到深圳，做了不到两年的杂志社记者和公关，之后便辞职跑到北京中国传媒大学进修播音主持专业，因为我的心里还住着一个小小的梦想，当主持人。

在长沙的那几天，雨下得格外大，我独自走在湘江岸边，眺望对面被雨雾层层笼罩的岳麓山和橘子洲头，想着当年毛主席在此指点江山时的豪情壮志。我不奢求此生功成名就，但求事事随心，梦想成真。

聂小薇给我电话，问我在哪，她在台里，问我愿不愿意过

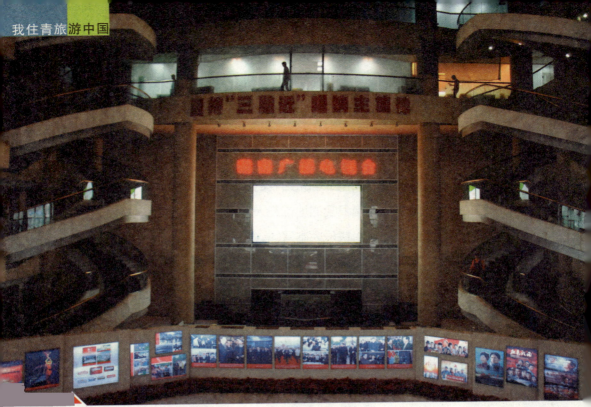

湖南广播电视台气派的大厅

去。我欣然答应了，她让我到湖南广电大楼等她。小薇是我的大学同学，湖南人，毕业之后就进湖南电视台下属的一家杂志社工作了，每天进出广电大楼。对于她来说，跟主持人、明星打交道算是家常便饭了。

可恶的天气，可恶的导航，从马栏山下车后，远远地看见H型的大楼上"湖南广播电视台"的红色大字和橙黄色的芒果Logo，却不知怎的被误导上了一条高速公路，身后疾驰的汽车裹卷着一地的积水恶狠狠地朝我驶来，我躲闪不及，只能气急败坏地看着泥水将我淋成了落汤鸡。

我给小薇打电话，她告诉我走错了，让我原路返回，她和同事开车来接我。

车子停在电视台的大门口，我看着眼前这座不算气派的蓝

后期制作人员正在紧张地剪片子

白色大楼，却觉得特别伟岸，有些不真实，我真的到了曾经梦寐以求的电视台么？！顿时浑身湿淋淋的烦躁感烟消云散。

　　军装笔挺的武警门卫面无表情地站在门口，视察着进进出出的人。我很好奇，一个电视台怎么还用得着武警站岗？小薇说这里的管理非常严格，出入必须出示证件，而且访客必须要由内部员工亲自出来接，登记身份证取票才能进入。我就像刘姥姥进了大观园一样，懵懵懂懂地顾盼着电视台周遭的一切啧啧惊叹。

　　小薇要去办公室处理点公事，让我自己先转转。偌大的办公大楼我走着走着有些不知所向，只看见一个敞开门的机房里两个满脸倦容的男生正在做后期剪辑，我瞄了一眼电脑窗口，里面播放的是一期综艺节目。这让我想起毕业实习那会，我在地方电视台一个小栏目当编导，每天除了外出采访取景，就是坐在电脑前没日没夜地剪片子，剪到最后，黑眼圈都熬出来了，非常辛苦。可是，能在湖南电视台里剪片子，是不是也算一种幸运呢？因为从这里，可以向全世界发射出信号，输送出优秀的电视节目，是一件多么值得骄傲的事情！

我寻思着或许能碰见几个喜欢的主持人或者明星，要个签名，求个合影，于是从楼下逛到楼上，又从办公区溜达到大厅，兜了两圈，也没看见一个熟悉的人影，倒是看见了很多我喜欢的节目海报和主持人签名照。《天天向上》、《快乐大本营》、《我们约会吧》、何炅、汪涵、欧弟、杨澜、李湘、孙骁骁……哇！看得我眼花缭乱，目不暇接。我觉得自己当时的表情一定很花痴很脑残，像个没见过世面的追星族，连看见一张明星签名海报都能让我兴奋不已。

临走前，我让小薇在电视台的大堂给我拍了张照留作纪念，也许有生之年都没有这个机会到这里来工作，实现我的主持梦了。但至少，我有这样一次难得的机会可以走进湖南广电大楼，感受这里的工作状态和娱乐氛围，就足够了。

离开长沙，挥手告别这段特别的旅程，向我的下一个目的地进发，在旅行途中去重拾那些最初的梦想……

长沙最有名的火宫殿小吃臭豆腐、龙脂猪血、糖油粑粑

一到夜晚，青旅旁边的酒吧街就喧闹得让人无法安睡

# 14

# 凤凰中天
## 国际青年旅舍

三楼榻榻米临江房里看到的凤凰江景

凤凰中天青旅，200多年历史的大门

**推荐指数：** ★★

**地理位置：** 湖南省凤凰县古城内沙湾11号（虹桥东关门旁）

**旅舍特色：** 沱江边、适合拍照

**作者体验：** 四人间床位（40元）、三人间临江榻榻米（45元）

**联系电话：** 18643547225

**设施和服务：** 自助洗衣，代收信件及邮包，单车租赁，贵重物品寄存，自助厨房及餐厅，24小时热水，卫星电视，宽带上网，棋牌设施

**房型和价格：** 四人间会员价40元/床，非会员价45元/床；特色榻榻米观景三人间会员价45元/床，非会员价50元/床；观景蜜月大床房会员价150元/间，非会员价158元/间

# 大失所望的凤凰中天青旅

对于我这种有"青旅依赖症"的孤独旅行患者而言，每去一个地方，必先确认当地有无青旅，如果有，必定优先选择。于是，在凤凰古城，我也遵循了这个原则，找了号称唯一一家位于沱江边的青旅——凤凰中天国际青年旅舍。

从一开始的预订，这家青旅就给我一种很不舒服的感觉，官网上留的手机号码是一个吉林女老板的，和她沟通预订多人间床位时态度爱答不理的，服务态度毫不热情，直接甩了一句"这个房型不接受预订，你先将全款汇到旅舍的账号上，再发短信告知入住的时间、天数，我再帮你安排。"

看在旅舍绝佳地理位置的份上，我忍一忍还是去了。

从凤凰汽车站出来，先得坐一辆大巴车到城里，再转一辆电瓶车到凤凰古城的景点"虹桥"，穿过虹桥，右转下一段青石板台阶，沿着江水往下游方向走两分钟，便能看见中天青旅古老陈旧的房屋，重檐青瓦、飞檐翘角，很有湘西少数民族的建筑特色。据说青旅那扇古朴的大门已经有两百多年历史了，是当地的重点保护文物。

然而，青旅的内在远不及它的门面那般货真价实。走进大厅，其实不能算作大厅，只是被改造的一间小酒吧，错落地摆放着几张桌椅，环境局促而幽暗，即使大白天也犹如黑洞般阴森。

唯一算作旅舍公共区域的是酒吧与住宿区中间的一条狭窄的走廊，放着一张桌子和两排沙发，就是供所有驴友休息、吃饭、上网的全部区域了。和众多装修考究、布置个性的青旅相比，中天的公共区域实在是逊色得不值一提。

此外，这里的住宿条件也让我非常失望。起初我住在一楼的四人间，房间非常小，两张床之间的过道窄到两人必须侧身才能通过，虽然屋里有电视和空调，但是基本处于闲置状态，因为一到白天整个旅舍就停电，有时候逛到中午太热了想回来吹吹空调、看会儿电视、小憩一会儿都是妄想。店家美其名曰是凤凰古城为了节约资源，白天限电，可我分明看见沿途的饭店商铺都是灯火通明的。

住了一晚，实在无法忍受大厅酒吧彻夜的喧闹声，换到了三楼的临江榻榻米房，原以为环境会好一些，结果失望地发现还不如四人间，在这个不足十平方米的顶层小阁楼里勉强并排摆放着三张小床，除此之外，再无其他，条件相当简陋。低矮的房梁让整个空间显得局促、压抑。

而所谓的江景房就是在墙上开了一扇小窗正对着沱江吊脚楼，虽然景色还不错，但绝不是旅舍自吹自擂的"凤凰最好的拍照地点"。

在那里住了两个晚上，被沱江边酒吧里此起彼伏的舞曲声和鬼哭狼嚎的歌声吵得没睡一个好觉，实在是一种折磨。

如今，凤凰的酒店旅舍业已经非常繁荣，可选择的余地很多。所以，我建议所有想去凤凰旅游的驴友们，青旅不是唯一的选择，只要不是旺季，你可以来到这里多多考察，最好选择一家上游的旅舍，临江但不吵闹，价格有可能比青旅还实惠些。

青旅唯一可以活动的狭窄的公共区域

# 凤凰城，凤凰雨

自从在长沙瞻仰了一具两千多年历史的辛追夫人遗体后，似乎我的厄运就开始了。

从长沙坐了八个小时火车到达湘西的吉首火车站时已是清晨七点多钟，天色已亮，守候在出站口拉游客的车可真不少。来之前朋友提醒我，独自出门注意安全，要我提防着点，我下意识地摸了摸外套口袋里的手机，卡在背包的腰封上，应该没事。

躲过那些主动上来搭讪的大叔大婶，走到一辆正规旅游大巴的行李库前，卸下背上的大包小包往车里塞，一身轻松地跳上去凤凰的车子。坐在位子上，想掏出手机看看时间，一摸口袋，空的！我以为我记错了，摸了摸另一只口袋，也是空的！慌忙打开随身的贵重物品包四处翻，还是没有！

我迅速地回顾了一下刚才的情形，跳下车，左顾右盼观察周围可疑的人物，询问刚才站在一旁抽烟的司机师傅，他摇头，说什么都不知道。天哪！我怎么这么衰啊，刚下火车就被偷了手机，而且，偷得这么莫名其妙。明明手机卡在腰封的地方，除了卸行李的时候，再没有其他机会可以让小偷下手的呀。

我百思不得其解，心情一下跌到谷底，又气恼又伤心地来到凤凰县城。天上开始下起了大雨，我前后背着两个大包，跳上一辆满载乘客的电瓶车，往"虹桥"开去。我扒在车尾的边缘，一手打伞，一手抓栏杆，特别吃力。这时，身后那个三十斤重的登山包突然"嘎嘣"一声，肩带断裂，"咚"一下重重地掉到地上的水坑里，湿了半边。真是祸不单行！我欲哭无泪地下车把它捞起来，重新回到车上，一手抓栏杆，一手提着

沧桑古朴的苗家吊脚楼细脚伶仃地立在水中

三十斤的包，斜风冷雨在脸上肆虐，当时的我就像霜打的茄子一样蔫蔫的，狼狈不堪。心里充满各种悲凉，各种心酸。

到青旅安顿下来，第一件事就是去买手机，转了半天，在200元钱的诺基亚和2000元钱的小米之间犹豫徘徊，最终还是决定一劳永逸，买一个功能齐全的，可以沿途拍照，发微博。捧着新到手的小米手机仔细把玩，一上午阴雨绵绵的心情顿时转晴了。人果然是喜新厌旧的动物！

心情好了，眼中的风景自然也跟着鲜活起来。坐在临江的小饭馆里，一边吃着湘西特色的血粑鸭，一边仔细地端详着雨中的凤凰古城。

这座沈从文笔下的边城小镇，不像丽江西街那样的阳春白

雨中的凤凰，别有一番滋味

雪，也不似乌镇西塘那般精致典雅，凤凰给人的感觉是一股浓浓的乡土气息中透出的淳朴、静美。

一弯清冽碧绿的沱江水如同一条青蛇从凤凰的山脚下蜿蜒游过，逼人的灵气随流动的江水穿行，融于古城的街道里；两岸沧桑古旧的苗家吊脚楼细脚伶仃地立在水中，半悬半依，仿佛托举着沉沉历史；小舟穿浪，载着满心欢喜的游人雨中赏景；身着少数民族服饰的苗家阿婆背着背篓，迟缓地走在铺满光阴的青石路上。

也许，如今的凤凰古城商业味太浓，酒吧、商铺、饭店、旅舍遍地开花，再不是当年《边城》里描述的那般与世隔绝，但我依稀能感受到凤凰古城历经千年"洗尽铅华呈素姿"的清丽、淡雅。

朋友柒哥说，他最爱拉萨的日光、凤凰的雨，每年都会来

凤凰古街里是鳞次栉比的商铺和店面，商业气息浓厚

住上一小段时间，看着雨中的古城发呆。如今我能体会到他的心情了。凤凰的雨和江南的雨是有差别的，江南的雨最美是淅沥的小雨，多一分太密，少一分太疏，刚刚打湿发丝，最恰到好处。而凤凰的雨可以再大一些，大到让整座青山、整个江面弥漫起轻薄的雨雾。依山傍水的凤凰小城，在朦胧烟雨中，恰似一幅美丽动人的水墨画，让人心甘情愿地沉醉。

撑着伞，游走在湿润的青石板路上，地面反射着淡淡的光，路上行人寥寥，屋檐下的雨水滴滴答答地落下来，与经过的雨伞碰撞飞溅，吧嗒吧嗒，弹至半空，一个完美的抛物线之后垂落地面，消失不见。站在桥头，望着江面雨水化开的晕轮，细细数着，一个、两个、三个……总是来不及数下一个，前一个就平静地融于江水，缓缓流去了。仿佛生命的轮回，无论从古至今经历过多少次，你记得的永远只有当下的这一次。

饿了一天，奢侈一回，坐在临江的小店里品尝凤凰特色美食湘西血粑鸭

　　夜幕下的凤凰，是一座不夜城。华灯初上，平静的沱江不再倒映群峰，而是倒映着光影流转的霓虹世界，迷离、绚烂，独坐江边，听着闹腾的酒吧里传来震耳欲聋的舞曲声，总觉得心里不舒服。凤凰的酒吧是可以让客人上台唱歌的，有时可以听见还算优美的歌声，有时却只听到对岸鬼哭狼嚎似的咆哮，与静立安详的古城显得那么格格不入，不合时宜。

　　我还是更喜欢清晨的凤凰。大清早被清脆的鸡啼鸟鸣声唤醒，推开窗，眼前是一片苍茫青山，青山脚下是一泓清浅沱

江，江上泛着几叶扁舟，扁舟游过一排排吊脚楼，勤劳的女子在石板上捣衣。那一刻，我仿佛置身于与世无争的乡村山野，在无人打扰的晨光中，任思绪游离到一个空灵浩渺的世界，那里有满满的快乐、满足、幸福、感动。这才是沈老笔下那个幽静美好的边城，一切都回到了最初的模样！

走过那么多的古城小镇，唯有凤凰最让我心心念念，不愿离去。

我想正是因了凤凰这漫天飘洒的雨，才生了我心里对它缠绵湿润的念吧。

与凤凰短暂的缘分，从一场雨开始，以一场雨结束……

虹桥夜色，迷离的光影勾起了谁的回忆？

玺院青旅宽敞温暖的大堂

# 15

# 重庆玺院解放碑青年旅舍

青旅的小影院，每天晚上都有电影时间

**推荐指数：** ★★★★

**地理位置：** 重庆市渝中区七星岗新民街115号（华伟宾馆大楼内）

**旅舍特色：** 老宾馆改建、设施完善、迷你影院

**作者体验：** 六人间床位男女混住（35元）

**联系电话：** 023-63033925

**设施和服务：** 无线上网，迷你电影室，旅游咨询，贵重物品免费寄存，洗衣服务，停车场，接机服务，24小时热水，独立淋浴间，电热水壶

**房型和价格：** 六人间会员价30元/床，非会员价35元/床；四人间会员价40元/床，非会员价45元/床；温馨家庭三人房会员价140元/间，非会员价150元/间；轻松大床房会员价110元/间，非会员价120元/间

玺院的小吧台，红酒碎花布，很有小资情调

## 山城玺院

火车到达重庆车站时是凌晨六点，山城火辣辣的一天还未开始，坐在去往七星岗的公交车上，看着这座环山而建的城市，果然名不虚传，全城都是上下坡，路上看不见一个人骑自行车，挺有意思。

在七星岗下车后，有点迷失方向，我于是给玺院解放碑青旅前台打电话。按照她说的往七星岗妇幼保健院下坡方向走，正对三岔路口停车场，再往旁边支路下坡步行两百米，终于看到了熟悉的YHA标志。

玺院在解放碑市中心的这家新店是由以前的兵工厂老宾馆改建的，周围是老重庆的居民楼区，也算是闹中取静，门口还设有免费的停车位。

走进前台大厅，便会立刻感觉到与其他青旅不太一样的地方，依稀能看见老宾馆留下的痕迹。大厅非常空旷，暗色的皮革沙发横七竖八地摆了好些个，长桌上铺着横纹的彩色桌布，简约的小台灯散发着白炽炽的光。富余的空间里摆放着一张桌球台和一个迷你的小影院，没事在这打个桌球，看个电影倒也休闲乐呵。

因为时间尚早，床位还没腾出来，我困得哈欠连连，只能在沙发上将就躺一躺，热情周到的前台MM怕我冻着，很贴心地送来一条毛毯，这一个小小的举动却让我感受到玺院青旅带来的温暖，从心底里喜欢它的人情味和真诚服务。还有青旅里那两只古灵精怪、会突然蹦出来吓人一跳的猫咪，也让人十分喜欢！

也许因为是老宾馆改建的，房间里依然保留着桌椅、茶几、衣柜、仪容镜、挂衣钩、储物柜、电热水壶等宾馆标配设施。床铺是红色木制的高低床，干净整洁，每张床都装有床头灯，设施相比其他青旅完善许多。

住在这里，每天清晨推开窗户便可以看见居民区里热闹的市井生活画面，也可以遥望远方的朝天门和鳞次栉比的高楼大厦，或者穿着一双夹脚拖鞋，一个人沿着幽静的小巷，逛逛青石板路，尝尝重庆的串串香、麻辣烫、酸辣粉，看看街道两边富有重庆味道的"剃头店"、"临街茶馆"，听听脍炙人口的重庆方言"幺儿"、"放脑壳"、"老汉儿"，别有一番情调。如果你喜欢感受都市繁华的生活气息，也可以从这里步行几分钟到著名的解放碑步行街去看看重庆美女，到较场口"酒吧一条街"去感受山城的火辣个性。

总之，玺院解放碑青旅无论从地理位置、环境、卫生条件，还是价格等来看都是一个不错的选择。我给四星！

调皮的猫咪，总是在你不经意间突然蹦出来吓你一跳

## 嘉陵江边放生

**来**重庆，一是为了旅途中转，二是为了会友，三是为了修电脑。

继凤凰之行手机遭窃、电脑被摔又被人吐了一身的霉运之后，在贵州铜仁的梵净山我又惨遭钢柱砸中脑门、出租车门磕破眼角、狂风骤雨淋成重感冒！

厄运连连的湘黔之旅让我倍感沮丧和疲倦，心情跌落至谷底。老爸在电话里发怒，问我现在在哪，到底什么时候回家？还没等我把话讲完，就把电话挂了。我眼里泛着无助的泪，深知自己走南闯北独自旅行让他们每天都提心吊胆，当时狼狈不堪的处境真的让我有冲动要放弃计划，回家休养。

可是，我又不甘心轻易放弃，好不容易由自己作一回主

站在山顶俯瞰重庆夜景，灯火辉煌的江岸有多少迷失的灵魂？

正宗重庆火锅，和我们平常吃的不太一样，味道非常好

了，我想把这种自由延续得再久一点。

一到重庆，便马不停蹄地赶去修电脑、更换银行手机号码，忙得一天没吃东西。然后走到重庆最著名的购物中心——解放碑步行街，开始大吃，担担面、酸辣粉、钵钵菜、烤玉米、烤羊肉串儿……又麻又辣的味道让我顿时将所有的不快和烦恼都忘到脑后，尽情享受美食的诱惑。

大学同学袁大莱带我去吃正宗的重庆火锅，自从毕业后，跟很多同学都没见了，趁着这次旅行的机会，也顺便叙叙旧，重温一下学生时代的美好回忆。

大莱说着谁和谁要结婚了，谁和谁已经分手了，谁在哪里工作，似乎短短几年，周遭的很多人、很多事都已经时过境迁、沧海桑田了。我们不禁感慨，还是当年无忧无虑的时光最美好。

在重庆等待去西安的闲散日子里，我常去的地方是瓷器口和嘉陵江。

据说磁器口这条老街已经有一千多年的历史了，如今这里的繁华热闹依旧延续着往日的气息，在人山人海的商业街上我很难用平静或怀旧的心情去观望，反倒是那些少有游客踏足的僻静巷道更容易让人沉醉。

灰墙、墨瓦、古木、青砖，磁器口古朴破旧的老房子，那长满了青苔的石板上，分明映照着磁器口千百年来的如歌岁月和沧桑年代。而那些木门上赫然的"拆"字也预示着它们的时光已尽，可以功成身退了。

在磁器口一条不知名的小巷子里仍然保留着很多年前那种功能简单的小小理发店和修鞋铺，总还能给人传递一种怀旧的情感。

而重庆人和成都人一样，非常懂得享受生活。闲暇的午后在江边泡一壶茶，打打麻将、扑克，或去戏馆里听听川剧，打发这一下午的漫漫时光。

好一幅散漫悠闲的市井生活写照啊！

信步走在嘉陵江码头的路上，看见路边有一家钓金鱼的小摊，几个孩子正在用钩子钓鱼，水桶里的鱼儿都快翻白肚了。

想想自己出来了两个月，之前一直坚持初一和十五吃斋放生的习惯已经搁置很长时间了，心里有些愧疚。再想想连日来自己遭遇的各种倒霉事情，决定买几条金鱼去江边放生，给自己求求平安。

跟老板商量之后他同意卖给我几条，拎着这些可怜的小生命我一边走着，一边默念佛号和"放生仪轨"，祈求它们在另一个自由的世界里不再被人类所伤。

重庆人和成都人一样喜欢打麻将，不管多炎热的天气都有一群麻友围在一起切磋技艺

摩肩接踵的瓷器口古街，热闹繁华

  嘉陵江水浩浩荡荡，鱼儿们在岸边游来游去，却不愿远离。我曾听闻人在放生鱼类和乌龟后，它们会感谢你的救命之恩而浮出水面或停留很久，这些有灵性的鱼儿也是为了感激我而不肯离去么？我对着它们小声地说："快走吧，去属于你们的地方，希望来世你们可以做人、成正果。"鱼儿们似乎真的听懂了我的话，在我身边转了几圈之后，相继奔向更远的江中。

  看着它们远去的身形，我的心变得特别平静，充满感恩。人真的会在做善事的时候感到无比的快乐和幸福，这种满足是无论拥有多少金钱都换不来的。

  转身，朝着来时的方向，坏心情一扫而空。

  离去，奔向梦想的未来，菩提心将伴随着我走过一段又一段茫茫未知的旅程……

西安七贤青旅，古朴厚重的大门

**16**

# 西安七贤
## 国际青年旅舍

方方正正的白墙青瓦，透着一股西北的民间风情

雕刻精美的气派照壁

**推荐指数：** ★★★★★

**地理位置：** 陕西省西安市北新街七贤庄北院2号（西七路与北新街十字）

**旅舍特色：** 八路军办事处旧址、典型关中老宅

**作者体验：** 女生六人间床位（45元）

**联系电话：** 029-87444087

**设施和服务：** 中西式餐厅，影院，吉他乐器，乒乓球，无线网络，24小时热水，自助洗衣，接机服务，自行车租赁，收发明信片，背包酒吧，行李寄存，停车场，免费旅游咨询服务

**房型和价格：** 多人间会员价45元/床，非会员价50元/床；双人大床间会员价170元/间，非会员价180元/间；家庭三人阁楼间会员价270元/间，非会员价280元/间

# 百年历史的关中老宅

入西安，我便被这座历史底蕴深厚的十三朝古都给震慑住了，在这座古城里，似乎脚下踩的每一寸土地下都有无数宝藏和故事，让人敬而生畏。

如同这座千年古都一样，西安七贤国际青年旅舍同样给人一种浓浓的历史气息。旅舍因其地处七贤庄而得名，七贤庄在唐朝时属东宫外永昌坊，二十世纪初由银行资本家将其开发成四合院式的建筑群。这里曾经是八路军的办事处，由十个院落组成，七贤青旅坐落在5号院和6号院里，是西安唯一真正设立于历史建筑物内的旅舍。

七贤青旅离西安火车站很近，前往秦始皇陵兵马俑、华清池、法门寺、乾陵、黄帝陵等著名景点的旅游公交专线车都聚集在火车站广场，从旅舍步行十五分钟即可到达。

推开那扇厚重的黑色木门，清脆悦耳的铃铛声忽然响起，是提醒着有客人来了。这座典型的关中四合院老宅透着一股大西北的传统与大气，方方正正的白墙青瓦灰砖、错落有致的层层庭院、个性碰撞的圆门直路、栩栩如生的看门石狮、雕刻精美的气派照壁、神色凝重的兵马陶俑、鸟笼似的木制门窗、高高挂起的大红灯笼，处处体现着一种古朴而庄重的百年老宅气氛。而庭院里休闲的木制桌椅和四处摆放的鲜花、绿叶、树木、盆景又给整个环境增添了几分朝气和活力，非常喜欢这种搭配。

据说这座宅子曾经接待过几乎所有的国家领导人，也接待过许多当年援助过中国的外国友人名人。来到这里，即使不住，也能让你领略到这座城市从古至今深厚沧桑的文化，亲身感受到在那段艰苦卓绝的保家卫国战争中，从这里出发走向延

七贤青旅独具特色的关中四合院

安的报效祖国的沉重脚步声。

如今身处这个和平年代，七贤庄的历史重任早已卸下，今天它所承载的是一个个前来回望历史、追寻梦想的国内外游客的热切期盼，他们聚集在这里促膝长谈、把酒言欢、弹琴唱歌，在古朴幽静的院子里，在明亮的月光下，共同度过一段美好的时光。

说完七贤的环境，再来说说它的住宿条件。这里的每个房间都是单独的小屋子，住在这里有一种到西北人家做客的感觉，房间里空间不算很大，但也不会拥挤，里面有舒服的木板床、大大的储物柜、暖气和空调，床单被套是需要自己动手铺的，方格的五彩图案让人有种家的温馨感觉。

这里的卫生间和浴室是男女分开的。浴室有点像十几年前的大澡堂子，门口用厚厚的棉被帘子遮住，十几个花洒下冒着热腾腾的蒸气，那种水雾弥漫的感觉仿佛让我回到了大学里在公共澡堂洗澡时的情形。

如果你来到西安，如果你想感受这座古都的厚重，想体会一把西北人的生活环境，就到七贤青旅来住上一住吧。把大都市的钢筋水泥和嘈杂喧嚣都抛在脑后，享受一份宁静质朴的悠然慵懒，尽情地在历史的天空下遨游，你会发现许多意外的惊喜。

## 长安·乱记

**2**004年，我还在读高中，韩寒出版了他的第一部"武侠小说"《长安乱》。我因为喜欢这个书名而买下了这本书，至今已记不清小说的内容了，只是模糊记得这是一个发生在长安城里的武林纷争和江湖恩怨故事，连背景朝代都没有交代。

那个时候，我印象中的长安是一座很古老很古老的都城，那里有一代君王、有绝世美人、有腰间缠着酒壶的剑客、有挑着扁担的小摊贩，看似繁荣昌盛、风平浪静的表面下潜藏着危机四伏的杀戮和战争。

就像韩寒在小说中说到的，"时、空，皆无法改变，而时空却可以改变"，千百年后的长安已经不叫长安，那些臆想的

每个兵马俑脸上的表情和形态都各不相同

安静矗立在西安城区的钟楼，依然有着千百年前历史残留的影子

情节画面也不复存在。如今的长安城，改名西安，是一座让中外游客都趋之若鹜的"世界四大古都"之一，与雅典、罗马、开罗齐名，从公元前11世纪到公元10世纪，先后有13个朝代或政权在这里建都，数千年的历史更迭、时空变幻让西安拥有了极为丰富的历史遗存，任由后人凭吊。

相比西安，我更喜欢长安这个名字。西，总归是锁定了一个方位，断了人们的遐想，而长，没有明确的指向，却像一条无终点的直线让人不断探索。长安，长安，也仿佛是古人的一种美好祈愿，祈盼家人长久平安，祈盼国家长盛安宁。

重庆开往西安的列车在磅礴辽远的秦岭之中驰骋穿行，穿过一个又一个幽深昏暗的隧道，伴着火车的轰鸣声，载着我驶向那座心中的千年帝都。昨天的山城还是阴雨霏霏，700公里之外的长安城却是毒辣辣的艳阳天。

哥们鸟叔是陕西人，知道我要去西安，特地安排峰哥给我做了一天的地陪。峰哥开着车到七贤青旅来接我，人高高大大的，有着西北人质朴和憨厚的外形，和鸟叔年纪一般大。我问峰哥和鸟叔是啥关系，估摸着可能顶多就是朋友同学或兄弟

陕西历史博物馆里丰富的古文物，展示着千百年来灿烂的中华文明

的关系，结果峰哥给我来了句"他是我叔！"我坐在车里笑喷了，一口水差点呲到车窗上。我跟鸟叔调侃，说他福气真好，年纪轻轻居然有个和自己同岁的侄子，鸟叔不好意思地解释说："我辈分大，辈分大而已。"

西安的美食小吃是全国有名的，而回民街是西安城最著名的美食文化街区。这条已有上千年历史的老街具有浓郁的清真特色，清一色的仿明清建筑、青石板路，街道两边是鳞次栉比的美食店铺，贩卖各种干果、糕饼、蜜饯及各地特产。拐进西羊市，这里的小吃店琳琅满目，泡馍、肉夹馍、凉皮、饺子、小酥肉、臊子面、东南亚甑糕、胡辣汤、腊牛羊肉、biangbiang面，等等，看得我口水直流，欲将这些三秦美食通通吃进胃里。

　　峰哥带我去了老米家泡馍店，这家店是西羊市里生意最红火的，还不到饭点就已经人头攒动了。那是我第一次吃正宗的羊肉泡馍，老板给我们上了一个大碗，大碗里躺着两块白花花的馍馍，我不明所以，峰哥说馍要自己掰，掰得越小越好吃，我就依葫芦画瓢，跟着他的动作将馍一点一点地撕碎。这个过程让我觉得特别有趣，看着一碗细碎的馍心里特有成就感，没一会工夫，热腾腾的羊肉泡馍就出锅了，味道鲜香醇厚、肉烂汤浓、配料丰富，配上西安本地的冰峰汽水，简直是人间一大

好Q的兵马俑玩偶

享受。这就是西北人的真实写照，看似粗放豪爽的外表下，掩藏着一颗精致细腻的心。

人们常说：二十年中国看深圳，一百年中国看上海，一千年中国看北京，而五千年中国则看西安。

西安特色面食biangbiang面，据说这个字是汉语中笔画数最多的字

回民街上百年老店老米家泡馍，没到饭点人已经满了

　　走在长安城里，我能觉出它与南方城市的诸多不同之处，这里是古城墙围起来的四四方方的城市，建筑多是庄严古朴的灰色调。和北京一样，街道是用"一环"、"二环"来命名的，没有南方遮天蔽日的大树，只有直直射在身上的灼热的阳光。这里的地下随随便便都可能挖出一堆秦砖汉瓦，这里的空气中充满了历史的沉淀和传奇的味道，这里的小巷名字甚至都可能溯源至汉唐。

　　也许是十三个朝代曾经建都于此的缘故，西安这座城市拥有其他地方无法媲美的庄重硬朗的皇者霸气，仿佛一个披着盔甲的王，屹立千年而不倒。

　　若想充分了解西安，找寻历史的踪迹，陕西省历史博物馆便是最好的去处。这里被誉为"古都明珠，华夏宝库"，馆藏的37万余件文物藏品记载了中国几千年来深厚的历史沉淀，从夏商周时期笨重的青铜器到秦朝时期的铁器、金银器，到汉唐盛世的陶俑、瓷器、唐三彩、壁画，丰富的文化遗存记录了中国历史上强盛的周、秦、汉、唐等王朝的风云变幻，也记录了一代代的君王妃子、臣民百姓的生活劳作，多少王侯将相、红粉佳人在长安城里留下过笑与泪、悲与愁、壮志与柔情、丰功与遗恨？！

　　这座千古帝王都，承载了太多太多的历史记忆，秦始皇陵兵马俑、华清池、大雁塔、碑林、阿房宫……每一个景点都有着不为人知的故事，每一段故事背后都有不忍诉泣的悲欢离合。遥想当年在此指点江山的秦皇汉武，孤灯下翻译经文的玄奘，梨园里华舞霓裳的贵妃，无不让人心生感慨和歆歙。

　　如今的西安，高楼耸立、汽车轰鸣，酒吧食肆遍布大街小巷，文明时尚的现代化进程让这里俨然成了一座国际化的大都市，只是游走在那秦砖汉瓦、巍巍矗立的城墙根下，还是会不经意间感受到那古老厚重的历史，仿佛穿越时空般回到过去。还有那些说不尽道不完的长安往事，也只待一阵清风吹过，飘零尘世。

　　长安，就像一杯经年沉淀的美酒，在滚滚红尘中，品上一味，残留于唇齿间的是一股淡淡的岁月的味道。

重新装修后的白桦林大厅，很有味道

## 17

# 乌鲁木齐白桦林
# 国际青年旅舍

青旅的公共休息区，装修得很有个性

**推荐指数：** ★★★

**地理位置：** 新疆乌鲁木齐市南湖南路186号（市政府绿色广场边）

**旅舍特色：** 自助厨房、拼车环疆

**作者体验：** 八人间床位男女混住（55元）

**联系电话：** 0991-4881428

**设施和服务：** 旅游咨询，代收信件及邮包，贵重物品寄存、24小时热水，房间内部饮水机，卫星电视，棋牌设施，无线上网，洗衣房，自助厨房及餐厅，租车，酒吧

**房型和价格：** 十人间会员价35元/床，非会员价40元/床；八人间会员价55元/床，非会员价60元/床；四人间会员价60元/床，非会员价70元/床；大床房/标准间会员价140元/间，非会员价160元/间

青旅前厅的巨型地图和上网区

# 白桦林青旅，有点贵

乌鲁木齐有两家YHA青旅，一家是位于喀什西路的宝鹿青旅，另一家是南湖路上的白桦林青旅。预订时我一直在纠结，宝鹿的价格便宜些，但离市区较偏远，交通不便，而白桦林就在市政府附近，地理位置较好，但价格相对贵些。再三权衡之下，我还是选择了白桦林，因为它和我喜欢的歌手朴树唱过的一首歌同名，感情分占了上风。

从火车站出来之后，先要乘坐8路公交车到达"北门药材公司"站，再转104或59路到"电信公司"站下车，往回走两分钟就能看到白桦林青旅的招牌了，旁边有一家新疆饭店。

这是一栋三层独立楼房，据说是新疆第一家国际青年旅舍，楼后是新起的千亩市政绿色广场，沿着广场散步可到二百米外的家乐福超市和南湖夜市，逛街、购物、胡吃海喝，随心所欲。

青旅的大厅布置很现代很时尚，长桌板凳、布艺沙发横七竖八地摆着，有新潮的桌上足球游戏和一大面贴满风景的照片墙。总体而言，异域风情并不太浓，但氛围是不错的，每天都有很多驴友聚集在那里上网、看球赛、吃烧烤、找同伴、交流游玩信息，十分热闹。在这里拼车找人非常方便，留言墙上经常会张贴北疆七日游、南北疆半月游等游玩线路，还有自驾游、自助游的驴友们求捡人和被捡的便签。在偏远的地方旅行，找个同伴总归是件让人放心的事情，我就是在这里寻到了三位同游伊犁的驴友。

但是，我也忍不住要吐槽一下白桦林的住宿条件，虽然这是我住过的青旅床位中价格比较贵的一家，但硬件设备和卫生条件却不尽如人意。因为旅舍的管理和监督不到位，我入住的八人混住间独立卫浴间的门是破的，下水道是堵的，洗漱池的水龙头也是坏的，所以有独立卫浴跟没有一样，还是照样得去公共区洗漱、洗澡，旅舍的热水也是经常性罢工的，温度时冷时热。特别郁闷！

所以，综合来看，白桦林青旅在我的体验感受中是优劣参半，给三颗星吧。

旅舍门外看见雨后神奇的彩虹

## 漫游北疆

**从**西安到乌鲁木齐的火车上，S打电话问我到哪了，有没有买到卧铺，在新疆待多久，去哪些地方玩，并且叮嘱我要多喝水，多带衣服，不要跟陌生人说话，买东西不要先用手拿……我一一应着，他问："想我么？"我说不想，一段长长的沉默之后S说："我放不下你，过些天我去新疆看你吧！"我无奈地叹了一口长气，找了个理由挂了电话。

赛里木湖的晨曦，美翻了！

其实S一直不支持我一个女生独自旅行，他觉得我太疯太爱玩，只有我自己明白，当初义无反顾地出走，其中一个原因就是他。虽然他曾带给我的伤痛已经过去，但每每听他说想念我的时候还是会眼泛泪光。既然是两个完全不适合且没有未来的人，那就不要再给彼此希望吧。

28个小时漫长的车程就像谈着一段不适合的恋爱，痛苦而焦灼；而当到达终点站的那一刻，就像结束了一段苦恋般脱胎换骨，无比放松。

乌鲁木齐的天空不似拉萨般蔚蓝，但也清朗舒展，云淡风轻。维吾尔语和汉语标注的城市建筑、门店招牌、公交车站令人感到陌生又新鲜，车水马龙的道路，热气腾腾的早餐铺，来来往往忙活的人们，一切看上去平静而祥和。

天涯论坛的网友沉沦和终南山得知我到了乌鲁木齐，特地专程赶来给我接风，带我去吃当地有名的大盘鸡，听我讲这一路的旅行故事，并叮嘱我要小心注意安全，最好不要只身一人随便外出。在白桦林青旅我找了三个同伴，鑫烨MM是苏州人，兰紫是重庆人，李浩是湖南人，我们四个天南地北的驴友聚在乌鲁木齐，共同的目的地是伊犁。

不到新疆不知中国之大，不到伊犁不知新疆之美。从乌鲁木齐到伊犁的公路上，风景美不胜收。道路左边陪伴的是连绵起伏的雪山，山头时而阴云密布，时而蓝天白云，变化莫测。道路右边时而是万顷的戈壁，时而是广阔的草场牧地。云也是渐变的，灰、黄、蓝、白交织成一条一条长长的云带子，像五彩玉石般光彩夺目。真美！

当蓝到极致的赛里木湖和镶嵌在低空中洁白的云朵融为一体闯进我眼帘的那一刹那，我简直无法用苍白的言语来形容当时的震撼、惊叹！群山环抱之中的蔚蓝湖泊波澜不惊，恰似一位优美迷人的少女，拥有蜿蜒流动的曲线和曼妙的身姿；散落在湖边的白色蒙古包灿若银河系里的点点繁星，七色花海中的牛羊马儿宛如颗颗珍珠般温润夺目。多么安逸而美好的画面！此时此刻的赛里木湖，仿佛令时空静止，只有天地与蓝白的交融……

传说赛里木湖是由一对为爱殉情的年轻恋人的泪水汇集而成的，无形间又平添了几分神秘而幽怨的悲情色彩。如果眼泪能够如此温婉美丽，那我宁可让眼泪成诗，化成世间最柔软的风景，融化人们的心灵。

日落已是夜里十点，赛里木湖却刚刚结束明媚的一天，沉浸在微墨的月色里，褪去了白天里的光彩夺目，静悄悄的，只有潮水拍打礁石的声响，就像与世无争的那对恋人，倾听着彼此的呼吸和脉搏，便够了。

第二天一早，我和鑫烨包了小马哥的车环湖看日出，再到伊犁的芦草沟看薰衣草，兰紫和李浩则选择在赛里木湖多待半

赛里木湖，迷人的曲线

蒲公英

天，再去霍城。

初夏时节，赛里木湖边盛放着繁茂的蒲公英，柔软而娇美，当第一缕金色朝阳洒向湖面的时候，如同置身金碧辉煌的天堂，漫天飞舞的蒲公英迎着太阳的方向，飘飘洒洒，在空中游荡，没有根，落地便是家。那是我见过的最梦幻的日出，就像童话里的美好未来，大千世界的纷纷扰扰都无法惊扰它们自由自在、逐风追日的脚步。如果人也可以如此，不被世俗所牵绊，不被物质所打倒，勇敢追求自己的所爱、所梦，那该有多好！

依依不舍地离开赛里木湖，我们驱车前往芦草沟看薰衣草。说起薰衣草，人们最先想到的可能是《一帘幽梦》里浪漫的法国普罗旺斯，或者是日本北海道的富良野。其实，在新疆

伊犁的薰衣草田，紫蓝色的梦

的伊犁境内，天山脚下，美丽的伊犁河谷边，每年六月，都会有成千上万亩浪漫的紫色花海迎风招展。

走进薰衣草的世界，放眼望去，漫山遍野的薰衣草在阳光下闪烁着蓝紫色的光芒，被远处连绵的雪山与挺拔的白杨树环抱着、簇拥着，像一个受到万千宠爱的公主散发着淡淡的幽香，沁人心脾。若是租一辆单车，在这蓝天白云和浓郁花香中，沿着田间小路缓缓骑过，悠闲地漫步，这样的感觉该是多

伊犁河美丽的日落

么惬意啊！

薰衣草的花语是"等待爱情"，而我等来的却是一群蚂蚁——正在田间猛按快门，一起身却发现数十只硕大的蚂蚁正飞快地顺着我的鞋子、裤子往身上爬，好像在比赛谁能最先到达我的头顶。我被吓得头皮发麻，拼命拍打，狼狈地钻进车里，被小马哥和鑫烨笑话了一顿，赐我一外号"蚂蚁妹"。

如今的汉人街已经更名为"喀赞其民俗旅游区"，异常热闹，像一个大集市，商贸交易很是繁荣，临街而立的商铺里陈列着各种各样的特产干货，核桃、大枣、杏干、葡萄干，应有尽有，街边上商贩拉着板车叫卖着各种时令水果，西瓜、杏子、香蕉、桃子、哈密瓜，琳琅满目，让人垂涎欲滴。还有各色衣服鞋帽店、民族饰品店、烤肉摊、快餐店、新鲜牛羊肉摊等等，密密麻麻。整条街透着一股浓浓的市井生活气息，大街小巷传来的维语歌欢快活泼，让人耳目一新。

维吾尔同胞穿着特色的民族服饰

在伊宁的那几天，我和鑫烨住在亮哥的朋友孙姐家，孙姐是个豪气直爽的女强人，自己经营着一家家居装饰店，生活过得有滋有味。我们虽是经亮哥介绍第一次见面，她却对我们两个陌生小姑娘照顾有加，常给我们做当地特色的过油拌面吃。鑫烨是第一次出远门，有点不大适应我这种高强度、大运动量的自助旅行方式，在我去八卦城特克斯那天，我们分道扬镳，她跟团拼车走了。

从四个人到两个人，再剩下我一个人，旅途中我们似乎总在做着加减法，有人离开，有人加入，却从没有一个人，可以陪我们从起点一直走到终点。

一个人坐大巴来到特克斯县，这座偏远小城虽名气不大，却十分神奇，是世界上唯一建筑正规、保存完整的八卦城，也是国内唯一没有红绿灯的城市。整座城市呈放射状圆形，环环相连、路路相通、干净整洁、绿树成荫，让人丝毫感觉不到这里是遥远的边疆。

不巧，县城中央广场的观光塔还在修建，无法登顶一览八卦城全貌，颇有些遗憾。围着中心广场射线般由内而外延伸出八条相等距离、相同角度、相同长度的主街，"乾、坤、震、坎、艮、巽、离、兑"，既然无法俯瞰八卦城的全貌，那就用双脚实地丈量一下这些神奇得宛若迷宫的道路吧。

到了特克斯的邮局，我给爸妈写了一张明信片，想来出门旅行已经两个多月了，一想到他们为了我的安全整日提心吊胆我便愧疚得很。这是我第一次用文字向他们表达内心的想法，我写道："亲爱的爸妈，女儿已经长大了，懂得保护和照顾自己，女儿只是想趁年轻没有负担的时候去做自己喜欢的事。旅行真的可以增长见识，感受世界的美丽和奇妙，以后有机会带你们一起出去旅行，好好享清福。"短短的几句话，我却写得

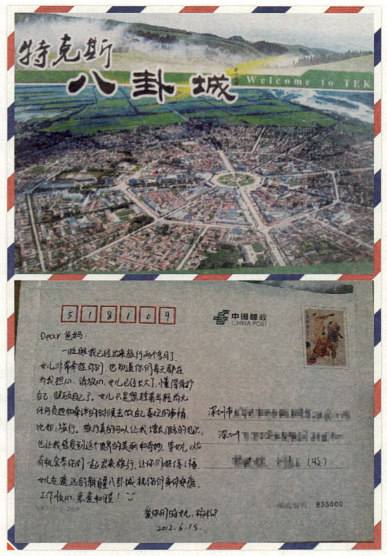

第一次给爸妈写的明信片，竟然石沉大海

很别扭，从不对他们直抒胸臆的我竟写出这么酸溜溜的文艺腔，着实有些难为情。可是直到数月后我结束旅行回到家中，这封明信片依旧石沉大海，不知去向。

　　从乌鲁木齐到喀纳斯的路上，S打电话来跟我道歉，说有急事不能来新疆看我了。虽然我并没有多么期待他的到来，但还是对他一而再再而三的言而无信感到生气和失落。既然是做不到的承诺，为何还要给？既然明知盼不到善果，为何还要幻想？

喀纳斯的清晨凉风徐徐，神秘的图瓦人村落炊烟袅袅，马儿嘶鸣，牛羊轻唤，狗儿浅吠，寻常而美好的一天伴着晨光初醒的绯红，带来明媚而舒朗的心情。

徒步喀纳斯，趁阳光正好，趁微风不燥，趁风景如画。

豌豆状的喀纳斯湖犹如一块巨大的璞玉从天而降，落到人间仙境的群山之间，松竹林海为她呼啸起舞，似锦繁花为她铺设红毯，薄雾轻尘为她蒙上面纱，幸福的少女喀纳斯在微笑、开怀、娇嗔、害羞，因此她的颜色也时而碧绿、时而乳白、时而蔚蓝、时而青灰，那种极致的美貌与幽静，令人心醉。

徒步到鸭泽湖时，一弯翡翠般碧绿的喀纳斯河映入眼帘，蜿蜒婀娜，如水蛇般灵动妖冶，远处群峰倒映水中，满地漂亮的橙红色石头如花般散落，此情此景让我瞬间感觉自己游离在通往天堂的阶梯上。零距离地感受着喀纳斯的静美，听着涓涓的潮涌声，触摸着冰凉的河水，有种与世隔绝的快意与自在！

沿着神仙湾的湖边游走，看着远处公路上如黄豆般大小的旅游大巴车停停走走，游人下车、拍照、上车、走人，我忽然觉得自己是幸福的，因为那些滚滚车轮下被人们忽略的原始美景我都在经历；时而又觉得自己是幸运的，因为我还拥有一副强健的体魄可以支撑，我还拥有自由富足的时间可以行走，我还拥有一颗不愿沉沦世俗的灵魂可以挣扎。如果没有这些，人生拥有再多物质财富又有何意义？

此行我唯有一点遗憾，便是没有看见金秋时节喀纳斯蓝天白云碧水黄叶构建的完美色盘，没有听见白哈巴金色的白桦丛

喀纳斯湖月亮湾，传说湖中的两只脚印是嫦娥奔月时留下的

林沙沙作响的美妙乐章，没有住在禾木的小木屋里看层林尽染的五彩油画。

来年，我一定要找一个彼此相爱、矢志不渝的恋人，在秋叶飘落的季节陪我徒步喀纳斯、禾木、白哈巴，一起看流年的光景……

蓝天白云青草地里的那拉提青旅，独栋的木头房里餐厅、服务台、休闲区一应俱全

18

# 新疆那拉提
## 国际青年旅舍

顺着这条路走下去就是那拉提青旅了

旅舍的住宿区是由一排排红砖垒砌的独栋小平房改建的

**推荐指数：**★★★★
**地理位置：**新疆伊犁哈萨克自治州新源县那拉提镇那拉提旅游风景区
**旅舍特色：**草原环抱、田园牧歌
**作者体验：**双人间（50元）
**联系电话：**18299281166
**设施和服务：**旅游咨询，无线上网，有线电视，DVD电影，棋牌书刊，24小时热水(饮用+洗澡)，行李寄存，马匹联系，订票服务，自行车出租，自助洗衣，包车，民族特色餐饮，西餐/咖啡，哈萨克毡房，酒吧，自助厨房
**房型和价格：**特色多人间会员价40元/床，非会员价50元/床；标准间会员价160元/间，非会员价180元/间；木屋标间会员价360元/间，非会员价380元/间

201

## 草原上的青旅

**在**遥远的新疆伊犁自治州新源县，有一片广袤无垠、如绿毯般柔软的高山草原——那拉提。这里有皑皑雪山、苍茫草原、遍野花香，还有骏马牛羊、美酒奶茶和哈萨克人家。

那拉提国际青年旅舍就坐落在这样一片美丽的草原景区内，四周青山环抱，草木葱茏，犹如隐居于世外桃源一般遗世而独立。青旅周边风景独好，身后是巩乃斯河谷天然胡杨林区，每到金秋时节，层林尽染的金黄胡杨林和潺潺清泉如同油画般美得亦真亦幻；旅舍东边是那拉提国家森林公园，松林如

青旅为你提供伊宁、新源的最新客运时刻表

涛，绿野苍茫，踏出大门便能呼吸到绿色的清新空气；天鹰台（观景台）就在旅舍不远处，登高望远，可以纵览那拉提草原的全貌；旅舍西边有一个天然赛马场，每到欢庆节日，这里便成为一个民族聚会、策马扬鞭的热闹海洋。

到达青旅的路线颇有点周折。如果你从乌鲁木齐来，要先走铁路或公路到达伊宁，再乘坐大巴到那拉提镇客运站，这里的客运站很小，出来后会有很多的面包车上来揽客，你可以选择和别人一起拼车到那拉提景区售票中心（景区西门），购买门票后乘坐景区的区间车15分钟后便可看见青旅的小木屋，下车后走两分钟就到了。如果你想节省75元的景点门票费，也可以打车到更远一点的景区东门，那里一般无人查票，从东门走到青旅只需20分钟左右，自驾车只需5分钟（青旅有大型停车场）。

旅舍的建造风格很特别，大厅、服务台、休息区都在一栋独立的木头房里，有民族特色餐厅、西餐酒吧、休闲上网区，在这里可以品尝到各种特色的哈萨克族美食，也可以提前预订美味的烤全羊盛宴，尽情享受那种以蓝天白云为庐，青山草原为席的田园牧歌式的悠闲生活。

旅舍的住宿区则是由一排排红砖垒砌的独栋小平房改建的，每一排小平房都有十几个可供住宿的房间，基本都是按照标准间设计的。虽说房间非常小，装修也非常简单，但是设施还是比较齐全的：两张小床，一台小电视机，独立卫浴，洗漱用品、毛巾牙刷等需要自带，条件虽比不上内地的连锁酒店，但至少对得起它低廉的价格。六月份正值旅游旺季，景区内的哈萨克毡房、酒店都非常火爆，价格也是水涨船高，一个标间少说都要二三百，但当时我却以50元的价格独享了标间的待遇。

不凑巧的是，我入住那两天正好一直下雨，青旅安装的太阳能热水器无法提供充足的热水，运动出了一身汗没法洗澡，电视也因天气原因出现故障不能用来打发无聊的时间。但从地理位置、环境、价格、条件、服务等方面综合比较，那拉提青旅都是物超所值的选择，我给四星！

期待下一次还有机会与那拉提草原来一场亲密的约会。

# 纵情那拉提，莫谈海角天涯

云深处，放牧人家，炊烟袅袅染晚霞；

松林海，月亮花，雪山云雾弄清纱；

空中草原，放飞骏马，牛羊好似珍珠撒；

梦几度，悄悄话，问君怎能不想她；

牧歌欲正乘风去，琴声作伴多潇洒；

情愿情定那拉提，莫谈海角和天涯。

登上天鹰台，雨云笼罩着整个天空，远处的雪山隐约可见

草原上的马妈妈带着小马觅食，特别有爱

　　这首《那拉提》是由新疆本地词曲作家创作，歌手刘丽敏演唱的赞颂家乡草原美景的歌曲。歌词质朴，旋律优美，当悠扬婉转的马头琴声渐渐响起，一个极具穿透力的女中音幽幽唱着草原之歌时，我便抑制不住内心的感动和不舍，思念起那个美丽迷人的地方。

　　关于那拉提有一个神奇的传说。约八百年前的一个春天，成吉思汗率大军西征，沿天山深处向伊犁集结，时至仲夏，山中却仍风雪弥漫，寒气逼人。蒙古勇士们饥寒交迫，疲惫不堪，正当他们举步维艰地翻过一座山岭之时，突然云开日出，阳光灿烂，面前竟是一马平川、草木茂盛、繁花似锦、清泉汩汩的茫茫大草原。将士们但见此景兴奋异常，就连三军统帅成吉思汗都不顾威严，连声大呼"那拉提，那拉提！""那拉提"在蒙语中的意思是"阳光照耀的地方"。于是，"那拉提"这个形象化的地名便流传至今。

六月初夏的那拉提，依旧带着些许寒意，草原上吹来的晨风，冷得人瑟瑟发抖。

只身徒步攀登三千级台阶的天鹰观景台，身体虽累心却迷醉，俯仰之间皆是无穷美景。雨后初霁的天空像划开了一道口子，阳光如同一支神奇的画笔从遮天蔽日的乌云堆儿里直射下来，改变着草原的光影层次；远处连绵起伏的雪山高耸入云，一望无际的陡峭山峦中，那一棵棵苍劲挺拔的松树林像一根根直插云霄的钢针，傲然挺立在天地之间，排山倒海的林涛声响彻山峰，像一群蓄势待发的勇猛将士，随时准备征战沙场；脚下密密匝匝的青草左摇右摆，响起一阵阵悦耳的"沙沙"声，像在响应"将士们"的呼喊；原野上葱葱茏茏的油菜花田如同一面面黄色大旗般迎风招展；面容清晰的草原石人淡定微笑、神秘莫测，像一个个发号施令的将军……

草原上的一切总让人感觉辽远、空旷，充满阳刚之气，让我内心那种朦胧的草原英雄情结蠢蠢欲动。我多么渴望自己像一个英姿飒爽的草原女子般策马扬鞭，驰骋江湖，在最美好的华年遇上一个像风一样潇洒温柔的草原男子一起浪迹天涯。但我知道，这些唯美浪漫的画面只存在于自己傻傻的幻想之中，现实是，我不会骑马，更害怕骑马，就连坐在被驯服的温顺如猫的马儿背上都仿佛骑在老虎身上那般惊恐慌乱，更别说放手去跑了。

而我期盼的英雄式恋人也并不能与我携手天涯、相伴到老，因为，我们都太想当英雄，做霸主，而忽略了彼此到底想

面容清晰的草原石人神秘莫测，像一个个发号施令的将军

要什么。我跟S不知因何吵了起来，QQ上我说了一大堆他的缺点、毛病和我忍无可忍的地方，他一怒之下将我拉进黑名单，我冷冷一笑，这样也好，省得以后再骚扰我。

山区的天气一时一变，才刚放晴的天空又下起雨来。我哪儿也不想去，窝在那拉提青旅的大厅里和vincent、乔、芳艳、愁眠等一群驴友谈笑风生，晚上八九点，黄昏才至，雨后浓稠的云彩染红了一片天，夕阳下的那拉提草原显得越发大气、磅礴。

大伙们都张罗着吃晚饭了，我没胃口，也不想花几十块钱吃碗面，就一个人站在餐厅旁的休息区里玩手机。听着他们热闹的欢笑声，我突然觉得自己好孤单好无助，有点沮丧。为什么我要一个人旅行？为什么？是绵绵阴雨影响了我的心情，还是和S闹的不愉快让我倍感失落？我竟开始怀疑起自己旅行的目的。回到房间，一个人住还是会觉得夜有点静得可怕，反倒没有在其他青旅的多人间里睡得安稳踏实。我果然还是没有习惯一个人面对黑夜，而那个曾经说非我不娶的人却总是让我度过一个又一个无边的黑夜，即使彻夜通明的灯光都无法温暖我冰冷的心！

海角天涯，我曾经认为那是多么遥不可及的地方，却在一个转身的瞬间让我明白，地图上的海角天涯即便再遥远，只要想去，都能抵达。而人心，若已不再，即便相隔咫尺之近，也如海角天涯般疏远无边。

倒不如纵情那拉提，享受当下的美景与故事。

翌日，从旅舍出发徒步暴走那拉提，沿途的风景美得让我惊叹！蓝天、白云、青山、绿树、白浪、黄花，温暖明媚的阳光、漫天飞舞的蒲公英、星星点点的哈萨克毡房，仿佛进入一个童话世界，一场不真实的梦境。

我最喜欢那拉提的云，低低地飘着，仿佛一伸手便能触碰，有时候像一团团的棉絮般轻盈盈地浮在半空，虚无缥缈；有时候又大块大块地聚拢，厚重敦实。形状也变化多端、十分可爱，像香喷喷的鸡腿，像展翅的天鹅，像冲天的蘑菇，像奔腾的骏马……云儿们好像在玩着一二三木头人的游戏，戛然静止，突然裁判太阳公公的脸色一变，她们便迅速漂移以最快的速度聚集起来，听候太阳发号施令。

走到筋疲力尽、饥肠辘辘，随手拦了一辆景区大巴回旅舍。一个看上去神情焦急的法国帅哥正在请求帮助寻找他的女友，女友下午去镇上取钱买车票就再没有回来，天色已晚，手机关机，语言不通，男生心急如焚地一遍遍说着"What can I do"，责问自己为什么让她一个人去。老板娘叫来一辆面包车绕着景区找人，男生就一直杵在门口痴痴地盼着，等了一个小时人终于安全回来了，男生立刻跑上去把女友抱得紧紧的，脸上的表情也由紧张焦急变成了激动开心。看着他们相互依偎、难舍难分的场景我好生羡慕，如果有一天我走丢了，也会有人这么为我担心么？

原来一个人旅行有一个人旅行的孤单和寂寞，两个人旅行也有两个人旅行的甜蜜和温馨，说不上孰好孰坏，只是当时的处境与心情不同罢了。

路是自己选择的，我定会坚持，明天的我依旧会骄傲地迎着朝阳，唱着"情愿情定那拉提，莫谈海角和天涯"继续前行，直到身累、心疲……

风非沙青旅休闲区

# 敦煌风非沙
## 国际青年旅舍

19

公共休闲区，很有情调

果园里打下来的李广杏，黄橙橙的，特别甜

**推荐指数：** ★★★★★

**地理位置：** 甘肃省敦煌市月牙泉风景区

**旅舍特色：** 烂熟果园，免费水果，西北土炕，逃票看日出

**作者体验：** 五人间西北土炕（30元/天）

**联系电话：** 0937-8882000

**设施和服务：** 休闲区，烧烤区，影视间，吊床区，秋千，帐篷露营区，无线网络，鸣沙山观景摄影区，自助洗衣房，餐饮，酒吧，旅游咨询服务，自行车出租，篮球场

**房型和价格：** 多人间会员价45元/床，非会员价50元/床；木屋大床间会员价120元/间，非会员价130元/间；四合院大床房会员价170元/间，非会员价180元/间；四合院家庭三人房会员价280元/间，非会员价300元/间

## 敦煌大漠里的一个家

**如**果你们问我，住了数十家青旅，最喜欢哪一家？那我会毫不犹豫地告诉你们，是敦煌的风非沙青旅。

阳光、秋千、吊床、树林、果园、篮球场、免费水果、低廉价格、逃票看日出……仅仅是这些关键词，就足以让你为之心动了吧。

这家位于鸣沙山下、月牙泉边的青旅身处一个占地三十亩的果园里。果园大得可以开车兜一圈，星星点点地分布着传统的西北四合院、泥墙土瓦的西北土炕房和丛林小木屋。住宿的价格是所有我住过的青旅中最便宜的。男女混住的床位会员价只要20元，那时正值六月的旅游旺季，混住间已经没床位了，我只好住进一个五人的女生大通铺，也只要30元一天，高高的土炕、红红的大花棉被，充满了浓浓的西北乡村气息，让我这种没有感受过的南方妞着实新鲜了一把。

更让我感到新鲜的是，在这个偌大的果园里，栽种着一大片敦煌的特色水果李广杏，黄澄澄的果子挂在枝头任由我们随便打，随便吃，不要钱。还别说，这李广杏不像普通的杏子那般酸涩，竟甜得跟蜜似的，出奇美味。

充满西北乡土气息的土房子

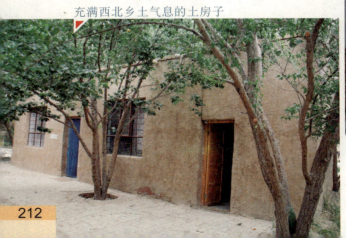

非常有特色的西北土炕、大花棉被

那几天，我常常跟驴友玲子、小郭拿着一根长棍满园子打杏子，打下来满满一塑料袋，洗干净泥土，一口一个，几分钟就消灭了，仍意犹未尽。后来青旅的小姑娘告诉我们，吃李广杏易上火，不能多吃。我还是忍不住，每天打一袋过嘴瘾。

风非沙除了能让人过足吃货的瘾，还能让你享受文艺小清新的浪漫。

黄色的土、绿色的树、亮澄澄的果子、红彤彤的花儿、暖暖的阳光、凶巴巴的松狮……这里的一切都足以让人留恋。挑一个阳光正好的早晨，荡着秋千或躺在吊床里摇晃，看着金色的光束倾斜于浓密的绿叶间，洒在身上暖暖的，那感觉恍如置身梦境里的天堂，安然、随性、快意、洒脱。或者挑一个临窗的位置，晒一段日光，品一杯咖啡，叙一缕心事，发一会呆，偶尔抬头45度角仰望天空，装一装文艺小青年，别有一番趣味。

最需要提及的是，住在风非沙，就一定要尝试在凌晨三四点的时候结伴爬鸣沙山去看大漠日出和月牙泉，又刺激又有趣。风非沙青旅就在鸣沙山脚下，出了院子是一个大大的骆驼棚，里面的骆驼都是供游人骑的。穿过骆驼棚，就到达鸣沙山月牙泉景区了。只要运气好，趁看门大爷鼾睡的午夜，悄悄打开虚掩的大门，溜进去，就成功了。

爬鸣沙山的难度绝不逊色于泰山。绵软细沙，进一步，退半步，每走一步都会深深陷进沙子里，然后需要花更大的力气走下一步。越往高处爬难度越大，坡度越陡，流沙的速度越快。我们只能像只骆驼似的四脚着地，手脚并用，艰难爬行。登上山顶，摊成"大"字躺在沙中，吹着大漠朔风，仰望漫天繁星，惬意而浪漫！

等到五六点钟，日出前的天空一片火烧红云，浸染大地，一轮旭日在茫茫大漠中慢慢升腾，红得像火，壮美无比，令人热血沸腾。此时已可以看清鸣沙山的全貌了，那一道道锐利的沙峰如金色浪潮，汹涌澎湃，层次分明。月牙泉如少女般卧躺在鸣沙山的怀抱中，任凭风沙肆虐，仍不离不弃。

如果你来到敦煌，就一定不要错过风非沙青旅。

这里绝对是一个让你住了还想再住的地方，我爱这里！

# 敦煌岁月

在北纬40°，东经94°，有一个地方叫敦煌。

敦，大也；煌，盛也。敦煌古时曾是一座热闹繁荣的都市，是丝绸之路上的名城重镇。这片神奇的土地孕育了中国古代灿烂的历史文明；也就是这片哭泣的大漠，经历了无数次惨绝的洗劫和掠夺。

如果可以，能否将时光倒流，让我回到1600年前的那个傍晚，亲眼看看那个名叫乐樽的和尚是望见怎样神奇的景象才发愿在此筑窟造像，成就如此辉煌伟大的莫高窟？

如果可以，能否将我带回到1900年5月26日的清晨，我要在王道士打开那扇轰动世界的藏经洞大门时告诉他，这里的一切都必须好好保护？

如果可以，能否让我顺着历史发展的脚步，把那一堆堆、一箱箱、一车车被贱卖的经卷、文书、佛塑、壁画、艺术品通通拿回来？

如果可以，我真的愿意，受轮回之痛，穿越之苦，只要能留下莫高窟的一切！

只可惜，我们在历史和时间面前终究还是太无力，只能眼睁睁地看着愚昧无知的王道士把无数珍宝以无法想象的低价卖给了外国人……没了，空了！

经历过十几个朝代上千年风雨洗礼的莫高窟是那么的光彩夺目，即使隐藏在深山大漠的黑暗洞窟里，她的锋芒依旧耀尽东方。然而谁曾想到，千百年来熠熠发光的莫高窟竟在晚清政府的腐败昏庸中，在一个茅山道士的贪婪猥琐中，发出呜呼的悲鸣。

在参观莫高窟之前，我刻意多留出一天时间阅读了解敦煌

鸣沙山下，月牙泉边

的历史、莫高窟的风雨，只有这样，才不至于如走马观花。即使看不懂，也有情感的共鸣。

莫高窟开凿在鸣沙山东麓的断崖上，绵延1600米，土黄的山色在炎炎夏季越发显得空旷荒凉，热气腾腾。735个大小洞窟高低错落、鳞次栉比地一字排开，被稀疏的树林掩映着，安安静静地坚守在黄沙大漠里。洞窟的门紧锁，与尘世隔绝，唯有讲解员带领游客进入方会开启。听说近年来因为风沙的破坏，洞窟里的壁画受到不同程度的侵蚀，未来游客可参观的洞窟将越来越少，甚至全部封闭。

当我跟随讲解员的脚步走进一间间封闭的洞窟，一股阴冷寒意直逼而来，消减了一丝暑气。洞内黑漆漆的，伸手不见

裸露在外的土黄色岩石，让人越发感觉爆热

五指。打开手电，一缕缕肃白的冷光扫过四周的墙壁和窟顶，色彩立刻变得丰满起来，红、绿、蓝、灰、银、金、白、棕、黑……到处都是用珍贵矿物颜料描绘的佛像、飞天、伎乐、仙女、供养人，还有经变画、神怪画、佛教史迹画和佛经故事画，以及各式精美的装饰图案，色彩艳丽，内容丰富，令人拍案叫绝！

我分不清哪些是六朝时期的作品，哪些是隋唐时期的作品，只感觉，这些有表情、有动作、有神态的人物在画里飞，身姿曼妙，栩栩如生。仿佛眼前的一切都变成活着的，他们在歌唱，在舞蹈，在庆祝。我最爱歌舞的飞天，华丽雍容，

开凿在鸣沙山东麓断崖上的莫高窟形如蜂房鸽舍

裙裾飞扬，体态轻盈，手持琵琶，迎风舒卷，流云落花，绕窟飞扬。

更令我叹为观止的是莫高窟第96窟里那尊石胎泥塑彩绘弥勒佛像。这座号称莫高窟第一大佛的雕塑，高35.5米，两膝之间宽12米，人站在跟前渺小得犹如蚂蚁，不及佛的一双手掌大小，望眼欲穿却怎么也望不到佛的全身，只能远远看到佛低垂的眼帘和微启的唇。我无法不感叹人类的伟大与智慧，需要多少能工巧匠才能将如此庞杂繁复的工作做到极致？然而，我也不得不承认人类的渺小与自私。

一个世纪前人们对藏经洞文物的洗劫一空已是天大的罪

孽，可他们又何曾放过莫高窟里的壁画和塑像？！伯希和与华尔纳先后利用胶布粘取了大批有价值壁画；曾关押在这里的数百名俄罗斯沙皇军队士兵肆无忌惮地在洞窟中放火，壁画佛像饱受烟熏火燎……

这些有据可凭的真相如今道来仍叫人痛心疾首，不忍正视。为何人类总是一面在创造，一面却在毁灭？

看着甬道的墙壁上那一道道被破坏的断面和一尊尊支离破碎的雕塑，我在想，不知道那画中的菩萨飞天，那慈眉善目的佛祖眼睁睁地看着莫高窟历经千般劫数，伤痕累累的时候，心里会不会在哭泣，会不会为之扼腕、悲痛、叹息？

想起余秋雨在《文化苦旅》一书中写的一句话："看莫高窟，不是看死了一千年的标本，而是看活了一千年的生命"，觉得颇有道理。莫高窟永远不会消失，它可以封存，可以隐蔽，可以与世隔绝，但只要莫高窟的生命不止，精神永存，它就是不朽的奇迹！

离开莫高窟，心情有些沉重，耳边响起歌曲《大敦煌》里沧桑悲壮的男声，不禁噙满泪水："残破的石窟，千年的羞辱，遮蔽了日出，敦煌的风沙，淹没了繁华，飘摇多少人家，

茫茫沙漠里，驼铃叮当

　　我在敦煌临摹菩萨，再用那佛法笑拈天下。"
　　敦煌就是这样一个让你到了便会情不自禁潸然泪下的地方。
　　敦煌就是这样一个让你走了心却从未离开的地方。

# 20 兰州花儿青年旅舍

花儿青旅门前的大卫雕塑作品

花儿门口红砖墙上抽象个性的涂鸦

花儿一样美丽的留言照片墙

**推荐指数：** ★★★★

**地理位置：** 甘肃省兰州市段家滩路704号创意文化产业园D区

**旅舍特色：** Loft厂房改造、文艺气息浓厚

**作者体验：** 女生六人间床位（35元）

**联系电话：** 13099259808

**设施和服务：** 无线网络，书吧，24小时热水，行李寄存，旅行咨询，
自助洗衣，影院

**房型和价格：** 六人间40元/床，四人间45元/床，大床房135元/间

# 像花儿一样绽放

**迄**今为止，兰州市还没有国际青年旅舍联盟进驻，只有一家名叫"花儿"的私人青年旅舍，但如果你有YHA会员卡，同样可以在此享受价格优惠。

花儿是2011年才开业的，位于兰州城东段家滩路704号的创意文化产业园内。这个产业园前身是油泵油嘴厂，2009年开始逐渐改造为一个聚集了艺术家、设计师、文艺青年的产业园区，园中充满后工业主义风格的建筑、个性鲜明的涂鸦、想象力怪诞的雕塑、茂密的大槐树，营造了一种艺术气息浓郁、充满活力的整体氛围。如果你走在去往花儿的巷道上，你就会惊讶于人的创造力和想象力之丰富。

花儿青旅就是由一座70年代的老厂房改造而成的旅舍。相信很多朋友都看过电视剧《奋斗》，并对里面男女主角们居住的漂亮厂房"心碎乌托邦"有些印象，花儿所采用的装修风格便是与之如出一辙的创意前卫的LOFT，通过将废弃工厂进行装修改造，摇身一变成为一件独一无二的艺术品和时尚居所。

走进花儿，一股浓厚个性的文艺气息扑面而来，裸露的红砖墙、抽象玄妙的涂鸦、仿《大卫》雕塑，处处弥漫着一股高雅大气。步入前厅，高大宽敞的空间、上下双层的复式结构、粉色的大面积墙壁、花朵般精美的留言照片墙、类似舞台效果的钢梯和横梁、小型图书馆般悠闲随性的咖啡吧，让我仿佛在梦幻与现实之间不断穿梭，内心为之一振，真美！

另外值得一提的是，花儿不仅是我住过的唯一一家LOFT风格的青旅，同时也是唯一一家拥有自己影剧院的青旅，它开创了国内青旅融剧场艺术与旅行文化于一体的先河。

二楼的休闲区像一座小型图书馆，可以安静地捧一本书，细细品味

在花儿大厅的旁边有一座能容纳300多位观众的小剧场，采用罗马剧院的高阶梯设计理念，充分利用有限空间并提供优良的声学条件，在这里，你不仅能欣赏到花儿定期举办的话剧、民谣和一些自制剧目演出，还能观赏到经典的国内外电影，非常令人期待。

花儿的住宿区采用鲜明的地中海装饰风格，用强烈的对比色和不规则的几何图形营造出梦幻般的居住空间。15间客房、68个床位可提供，多人间的屋子里空间还算宽敞，有上锁的储物柜和桌椅，床单被套需要自己铺设，睡起来比较舒服。要提醒大家的是，花儿青旅的所有房间都没有独立卫浴，因此也不提供一次性洗漱用品，公共卫浴是隔间型的，24小时都有热水供应，所以不用担心洗澡的问题。当然，因为西北水资源缺乏，有时候碰上停水也可以理解。

花儿无论是外部环境还是住宿条件都是非常棒的，但是它的地理位置稍微有些偏，从火车站、汽车站、机场都没有直达的公交，需要换乘，但是在火车站打车到创意文化产业园费用也不高。如果你第一次去不知道路线，找不到旅舍，就请不停地骚扰青旅的前台吧，她们会很热情地指引你一步步走向花儿。

# 兰州奇遇

▲ 登高望远，涛涛的黄河水穿城而过

兰州，甘肃省的省会城市，也是大西北旅游的重要交通枢纽。从这里出发，有多趟直达的火车和汽车去往拉萨、乌鲁木齐、西宁、银川、西安，而省内的敦煌、酒泉、嘉峪关、甘南等旅游胜地在兰州中转也非常方便。

因此，一开始，我就把兰州当作一个去甘南和银川的中转地，并没有太多游玩的兴致。

张同学是我在敦煌青旅认识的一个小弟，90后，身板瘦瘦小小，却长了一颗比例不太协调的大脑袋，此人嘴特别贫，人也特别二，所以我给他取了个绰号叫"小二货"。

　　小张是地地道道的贵州人，却特别爱装台湾人，走到哪里都是平翘舌不分，而且还真能糊弄不少人。有一次，我和驴友马玲儿去逛敦煌的沙洲市场，小张又开始犯二了，走到一家卖小饰品的摊子前，用嗲嗲的台湾腔问："老板，你'啧'个怎么卖？"，老板以为他真的是台湾人，有意开了高价，他故作一惊，"'森麻'？'啧'么贵啊！我们台湾'啧总'东西都很便宜的啦！算了啦，不买了啦！"

　　我和玲儿站在一旁看着他毫无破绽的表演笑岔了气，小张见我们笑，最后自己也憋不住笑场，灰溜溜地走了。

　　在敦煌待了四五天，我已经买好火车票去兰州，计划往甘南走，小张和我的路线一致，他的目的地是甘南的郎木寺，于是我们约好在兰州汇合。

　　他在豆瓣的沙发客小组里找了一个兰州的沙友雅欣，对方同意我和他一起暂住在她们家。

百年历史的黄河铁桥已经更名为"中山桥"，成为兰州的一个标志性景点

这已经不是我第一次睡陌生人的沙发了。记得2011年在贵阳我第一次做沙发客，住在一个非常漂亮的女生方方家，温馨舒适的环境和融洽快乐的相处让我对沙发客这一新鲜事物产生了强烈的好感，这种完全基于陌生人之间的信任的自助游方式，有些冒险，却可以收获许多意外的惊喜和友情。

于是，之后两年的长途旅行中，我都会在没有合适青旅的情况下找一找当地有没有可借住的沙发。格尔木的牛牛、拉萨的阿森、福州的瑶瑶、合肥的丹丹、银川的菜菜、太原的宁姐都是曾经接待过我的沙友，人都很热情，也很热爱旅游和交友，所以至今我对沙发客的印象都非常好。

当然，沙发客并不一定是睡真正的沙发，也可以是空房间、空床位、空地板等，只要能让有需求的驴友在陌生的城市、陌生的国度拥有一个安全舒适的栖身之地就够了。

睡沙发一般不需要花钱，但是作为礼貌和回报，你可以买一些食物和沙友一起分享，或者赠送一些小礼品作为纪念，他们会很开心。

黄河母亲雕塑，一股莫名的感动涌上心头

黄河边的羊皮筏子

　　考虑到安全因素，如果你是一个孤身旅行的女生，在挑选沙发时应该格外注意，最好挑选同性沙友，或者是信誉度很高的沙友，并且要找有身份认证的。

　　言归正传，到兰州后，我在花儿青旅住了两天，等小张过来后再一起去雅欣家。

　　雅欣和她男朋友住在离市区有点距离的居民楼里，二室一厅的小家被他们布置得非常温馨，家里还有两只特别怕生的猫咪。

装小清新的张同学

　　雅欣是甘南人，在兰州一所学校当老师，和我一样，也是一个酷爱穷游的女生，走过不少地方。她男朋友是山东人，非常豪爽，为了她而留在兰州工作。

　　见面第一天，我和小张各自安顿好，他住客厅，我睡卧房。小两口非常热情地做东道主请我们吃新疆烤羊肉和过油拌面，小酌几杯，大家的聊天话题就从旅游、沙发，谈到了工作、感情，因为都是年轻人，又有共同的兴趣志向，所以在一起总是有说有笑，特别投缘，是我沙旅经历中最难忘的一次体验。

　　平日雅欣他们要上班，我和小张就睡到自然醒，吃一碗"一清二白三红四绿五黄"的正宗兰州牛肉拉面，再坐车去市区转转。

　　这家伙坐在公交车上也不安分，故意趁人多的时候显摆他的"台湾身份"，而我竟然和他一起"二"，配合他完成这一荒诞的"骗局"。

　　"哎，你zi道苹果sou机在我们台湾要多sao钱吗？"

　　"多sao钱啊？"

　　"才20000台币不到诶，人民币算下来才4000块钱。"

　　"那你想怎样啦？"

　　"我没有想怎样啊，就si跟你suo一下嘛，伦家si穷人啦，买不起的啦。"

……

我看周围站着的人都用好奇或惊讶的眼光打量着我们，忽然觉得挺有趣的。这个二货！

在兰州，我们没有去太多的旅游景点，印象比较深的就是白塔山下的那座黄河铁桥。

兰州是全国唯一的黄河穿城而过的省会城市。在白塔山下、金城关前，有一座古老得可以追溯到清朝光绪年间的黄河铁桥，据说建桥全部用材都是清政府从德国运往兰州的，由美国、德国和中国的设计师共同历时3年，耗费30余万两白银建成的。

如今，这座百年历史的黄河铁桥已经完成了它的历史重任，更名为"中山桥"，成为兰州之行必到的一个标志性景点。

站在弧形钢架拱梁的铁桥上俯瞰脚下滚滚的黄河水，想起那座著名的黄河母亲雕塑——一个嗷嗷待哺的婴孩躺在长发披肩、温柔微笑的母亲怀里，一股莫名的感动涌上心头，我忽然感受到这磅礴大气的滔滔江水真的如同一位伟大的母亲一般，哺育着西北高原的泱泱众生，无私地奉献着自己的一切。

不远处，白塔山的层峦叠嶂与雄浑的江水交相辉映，透着一股西北边关的雄伟壮阔。"举头迎白塔，缓步过黄河；对岸两山峙，中流意兴多。"赵朴初的这首诗颇能反映出此时此刻我的心境。

对于兰州，我没有太多刻骨铭心的感受，只是记得，在这里，我结识了一对很热情很有趣的好朋友，认识了一个很"二"很可爱的小弟弟，留下了一些无忧无虑的笑声和足迹，就够了。

前方，是我心目中的藏传佛教圣殿——拉卜楞寺。

拉卜楞寺红石青旅，传统的藏式民居

21

## 甘肃拉卜楞红石
### 国际青年旅舍

与青旅在同一个院子里的唐卡绘制中心

上到二楼，有公共浴室和晾衣区

**推荐指数：** ★

**地理位置：** 甘肃省甘南藏族自治州夏河县雅鸽塘253号

**旅舍特色：** 藏式红房子、唐卡中心

**作者体验：** 女生八人间床位（35元）

**联系电话：** 0941-7123698

**设施和服务：** 24小时热水，餐厅，自助影院，自助洗衣，自助厨房，酒吧，Wi-Fi，书吧，自行车出租，拼车服务

**房型和价格：** 八人间会员价35元/床，非会员价40元/床；四人间会员价40元/床，非会员价45元/床；标准间会员价135元/间，非会员价140元/间

# 遗憾的旅程

旅舍大厅和服务吧台

相信很多人都看过冯小刚导演的电影《天下无贼》，也对刘若英跪在佛前忏悔祈祷的场景略有印象，镜头里艳丽而庄严的寺庙便是甘南的拉卜楞寺了。这座藏传佛教格鲁派寺院有着世界上最长的转经路，有着最完善的藏传佛教教学体系，还有着令人无以名状的震撼与感动。

　　为了尽早赶往拉卜楞寺，我和张小二从兰州坐了最早一班车到夏河县。出了汽车站，映入眼帘的便是一条充满藏族风情的街道，我们拦了辆的士，问师傅："去拉卜楞红石青旅多少钱？"师傅说："直走1块钱，要是转弯就加1块。"我们对于这惊人的数字和计价方式感到十分诧异，怎么可能这么便宜！

　　车子停在夏河边的一个大院子里，走进红石青旅，会让人对这极具藏式风格的红房子产生强烈的新鲜感和好奇感：传统的藏式建筑结构，石片的地基，大扇的五彩窗台，木雕花的窗檐，色彩艳丽的设计让人耳目一新，大厅、走道的陈列摆设也处处体现着浓郁的藏族特色。青旅旁边是一栋木结构的唐卡艺术中心，几个喇嘛和画师进进出出。办理了入住手续之后，我们发现，相比于旅舍的外在，其内在环境实在一般，卫生条件堪忧。不过在偏远藏区，这也是不能强求的事。

　　我和张小二跟着驴友一起拼车去桑科草原。桑科草原的草都被踩枯了，景致非常一般，中间我们还遭遇了一次强制消费的骑马项目，于是我们没待一会就扫兴而归。

　　我和张同学原本兴冲冲来到这里，却大失所望而回。旅行就是这样，有惊喜，也有遗憾。

# 拉卜楞的藏族小姑娘

　　**山**区的天气总是说变就变，前一天还是晴空万里，第二天便是风雨交加。

　　清晨时分，天空飘着毛毛细雨，气温骤降，我裹着一件薄薄的冲锋衣，打着伞踏上了去拉卜楞寺的路，路上行人寥寥，我的脚步显得寂静而落寞。

　　游走在拉卜楞寺，就好像进入一座偌大的学堂，教室，经堂，佛塔，宿舍散落其中，一片连着一片，色彩绚丽，香烟袅袅。拉卜楞寺是藏传佛教格鲁派的六大寺院之一，也是藏传佛教格鲁派最高佛学学府之一，在鼎盛时期，这里单是僧侣就有四千余人。在这里求学跟我们普通人一样，也分大学、中学和小学，按成绩提升，当然，他们的成绩不是靠纸面的考试来判

朦胧雨雾下的茫茫大山和拉卜楞寺

清晨，寺院里的喇嘛们开始围坐起来上早课

定，而是根据每个人对于佛学的研究和参悟程度来定。

　　早晨的拉卜楞寺很清静很平和，大殿里喇嘛们围坐在一团上早课，齐声念着我听不懂的经文，早起的藏民们绕着佛堂磕着长头，看着他们淳朴善意的面庞和虔诚朝圣的身影，心会不自觉地舒展、开朗、微笑，此时此刻，人拥有最善良美好的发心，什么欲望、嗔怒、痴狂都化为乌有，唯有内心的淡泊平和。

　　中午时分，天空开始放晴了，露出了蓝蓝的一角，走！爬山去，看看拉卜楞寺的全景。

　　与其说是爬山，倒不如说是爬坡，短短几分钟就能爬上来，站在山坡上俯瞰着凤岭山脚下那辽阔雄伟的拉卜楞寺，那么庄严巍峨、肃穆清幽，一眼望不到边。那大殿屋顶上的镏铜瓦和绿色琉璃瓦，把整座寺庙衬得格外鲜活。我始终还是更偏

扎西吉和加样吉，这两个活泼可爱的藏族小姑娘陪我度过了一段难忘的午后时光

爱这种大气磅礴的美啊!

山上的风吹得很舒服,我不想那么快下去,便挑了一块不错的绿地,坐下来,戴上耳机,边听音乐边赏美景。

这时,两个穿着鲜艳衣服的藏族小姑娘跑过来,凑到我身边蹲下来看我。

也许越是偏远的地方,人与人之间的戒备反倒更少,她们一点都不会害怕或者不好意思跟陌生人打招呼、聊天,就好像跟你已经是很熟络的朋友一样。反观我们这些生活在繁华都市里的人,有谁会在乘公交挤地铁的时候主动跟别人哪怕只是聊聊天气、抱怨抱怨交通的拥堵?又有谁会放下紧绷的面具发自内心地对一个陌生人微笑?

我冲两个小姑娘笑笑，问，"你们会唱歌吗？"

其中一个小姑娘很神气地说，"当然会呀！"

我随即把耳麦递给她，说"那你给我唱一首歌吧，我用手机录下来。"

小姑娘说："我只会唱藏语歌。"

"好啊，我很想听呢！"

小姑娘拿着耳麦，清了清嗓子，高歌一曲，虽然我听不懂，但是被她清亮优美的嗓音所打动，鼓掌说"哇！很好听"，小姑娘不好意思地笑出了声。

我问她们叫什么名字，唱歌的小姑娘介绍说，"我叫扎西吉，她叫加样吉。"

"你们是这里人么？"

扎西吉指着远处的山头，说"我们家在桑科草原"。

我点点头，"哦~~~你们多大了，上学了吗？"

"我13，加样吉14，我们上小学6年级。"

"那你们以后想做什么呀？"

扎西吉说："我想上大学。"

"上了大学以后呢？"

"当医生！"扎西吉脱口而出。

我很好奇，问"为什么？"

"因为医生可以治病救人。"

我的心突然剧烈地跳动了一下，是被她年纪虽小却有如此远大的理想而打动了。

"那你们长大以后想去看看外面的世界么？"

"嗯！"两个小姑娘异口同声。

"想去哪里？"

她们不知道怎么回答，笑着看我。

"知道北京吗？"我问。

"知道的。"她们说。

"那，知道上海吗？"

"上海？以前知道的。"扎西吉眼睛一转，答道。

我笑笑，又问："那你们知道深圳吗？"

这下她们都摇摇头，说"不知道"。

我告诉她们，"这些地方啊就是大城市，有很多漂亮的高楼大厦，很多好吃的好玩的，但是不像你们这里的人这么淳朴，他们都想要赚大钱，你们想赚钱吗？"

扎西想都不想就说"不想，我想当医生，回家乡治病救人！"

那一刻，我被她们的纯真善良所感动。那是一种不会伪装的美好的发心。她们有着对家乡深深的依恋，有着对未知世界好奇的向往，有着虔诚淳朴的信仰，她们只想以后长大去上大学，学医术，然后回家乡造福一方，这么一个纯洁美好的愿望，即使未来不一定能实现，也一定会伴随她们一起成长，成为善良快乐的孩子。

扎西吉问我，"姐姐，'你的梦想是什么'用英语怎么说？"

我想了想，在纸上写下"What is your dream？"教她们念，然后扎西吉在纸上写下"我的理想就是做一个医生"的汉语。看着她灵动的双眼，我的内心百感交集。

"梦想"二字对于她们这个年纪来说是多么容易说出口的字眼啊！而我们这一代人应该是最有条件和激情去拥抱梦

转经的老妪

想的，可是在社会的大染缸中我们渐渐地迷失了自己，麻木了
自己，忘记了最初的梦想是什么，忘记了曾经义无反顾去做一
件事的狂热，忘记了自己最渴望的生活是什么。所以，我们在
一次次的迷失和清醒之间痛苦不堪！也许，我们都是时候停下
来，好好回头看一看，想一想了。找回那个最初的自己，去寻
找属于自己的梦想！

下山前，扎西吉把她们在照相馆拍的合照赠送给我，连同一只镶有佛像的小吊坠，并邀请我去她们家做客。临别前我塞给扎西吉50块钱，跟她说："姐姐没多少钱，这点钱你自己拿去买点吃的和书本，记得上了初中给姐姐写信啊。"扎西吉点点头，抱着我，在我脸颊上轻轻地亲了一下。

再见了，小姑娘。

夏河桑科草原路上漫山遍野的油菜花

再见了，拉卜楞！

之后的很多天，我都会收到这个小妹妹的短信。

"姐姐，你在哪呢？你什么时候再来看我？"

"姐姐，我很想念你。你再过11天回来看我好吗？"

"姐姐，你再过23天就回来看我好不好？"

"姐姐，我马上要开学了，你能不能回来看看我？"

……

每一次看到她的短信我都会很难过，只能想尽各种理由哄她。

"小妹妹，姐姐要去别的地方，没这么快回来，以后一有时间姐姐就回来看你。"

"你乖啊，好好上学，等以后你考上大学姐姐再来看你。"

"小扎西，你要听话，姐姐要回家了，要工作赚钱养活自己，等你开学了姐姐寄很多书给你看。"

……

我不知道我是在哄她，还是在给自己一个再去拉卜楞的理由。

我想小姑娘暂时还不能理解，深圳到夏河的距离有多远，她也许还不懂，旅行中的某一个地方，只是我们这些过客到此一游的途经之地，我们无意间闯入了他们的领地，闯入了他们的生活，然后拍拍照片，拍拍屁股走人了，留给他们的是想念、回忆，抑或是打扰。而这些地方，也许，我们会一去再去，也许，这一辈子只会去那么一次……

我想，或许未来的某一天，我真的会再去拉卜楞，再去看看那个纯真善良的小妹妹，然而，这一天，是五年，十年，还是三十年，有谁知道？

热闹的酒吧和餐厅

郎木寺 旅朋 青旅 22

**推荐指数：** ★★

**地理位置：** 甘肃省甘南藏族自治州郎木寺镇主道上

**旅舍特色：** 藏式酒吧、房门不上锁

**作者体验：** 六人间床位男女混住（30元）

**联系电话：** 0941-6671460

**设施和服务：** 餐厅，酒吧，热水，自助洗衣

**房型和价格：** 十人间30元/床，　六/四人间40元/床

郎木寺镇是一个很小的镇子，却有很多外国人和西餐厅，旅朋青旅就在这条泥泞的小路上

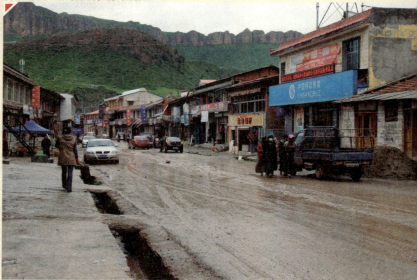

# 不上锁的青旅

郎木寺旅朋青旅和它的老板

　　**郎**木寺镇是一个主街道只有300米长的偏远小镇。别看它小，却十分国际化，每年慕名前来感受藏传佛教神秘魅力和秀美自然风光的中外游客达到数十万。小镇既有风情浓郁的藏式文化，也有西方舶来的咖啡文化。街上除了川菜馆、藏餐厅，还有西餐厅、咖啡馆，可谓中西合璧。

　　遗憾的是，在这个蜚声国际的小镇上并没有YHA国际青

旅联盟的身影，只有几家效仿其模式建立的私人青旅，旅朋青旅就是背包客自己开的。一栋两层的藏式木楼，外观色泽以红绿为主体，很有藏族特色，屋顶的雕梁画栋和飞檐翘角给人一种古朴而华丽的感觉。青旅的一楼是一间小酒吧兼餐厅，二楼则是住宿区。

酒吧四周的墙壁、柱子上挂满了唐卡、神怪面具、牦牛头骨、哈达以及各种风景人像、户外旗帜和驴友留言，有些杂乱无章。酒吧中央的藏式火炉是最温暖的地方，郎木寺终年无夏，即便是酷热的七月晚上都得穿棉服御寒。因此在郎木寺那几天，我最喜欢的就是蜷缩在炉边听驴友讲故事。

虽说旅朋的外部环境还算不错，但住宿条件太一般了。楼梯又陡又窄，木头有些松了，感觉一个踏空就会摔下来。走在二楼的木板上随时会有要塌下来的不安，更令我不安的是这里的房间是不上锁的，任何人都可以随意进出，贵重物品也没有储物柜可以存放，难道这里民风淳朴到可以夜不闭户、路不拾遗？虽然我相信社会是向善的，但难免有个别例外，因此心存疑虑的我依然会在睡前把贵重物品放在枕头或者床边，万一被偷，损失的还是自己，旅舍是概不负责的。

另外，不得不吐槽一下旅朋的卫生间和浴室，都是公用的，卫生间只有两个，环境非常简陋而且脏，异味很重，浴室也很破旧，热水是经常没有的，洗澡是个大问题。

综上，若论外部环境，旅朋可以评三星，但论住宿条件，只能评一星，平均一下，给两星吧。

平遥郑家客栈，古色古香的建筑和价值不菲的招牌

# 平遥**郑家客栈**
## 国际青年旅舍

**23**

西北人家的四合院，方方正正，古朴端庄

**推荐指数：** ★★★★

**地理位置：** 山西省晋中市平遥县衙门街68号

**旅舍特色：** 明清古建筑、西北特色

**作者体验：** 五人间床位男女混住（35元）

**联系电话：** 0354-5684466

**设施和服务：** 旅游咨询，宽带上网，无线上网，有线电视，DVD电影，棋牌，吉他乐器，24小时热水(饮用+热水澡)，接收邮件，自行车出租，自助洗衣，中西餐

**房型和价格：** 多人间会员价35元/床，非会员价40元/床；单人间会员价128元/间，非会员价138元/间；双人间会员价178元/间，非会员价188元/间

青旅后院里可爱的车轮秋千

# 郑家客栈，带你穿越明清

山西平遥古城，是一座具有2700多年历史的文化名城，也是全中国保存最为完好的四大古城之一。这里的一砖一瓦，看着或许都不起眼，却可能已经存在了成百上千年。

郑家客栈国际青旅就是由这些砖砖瓦瓦堆砌起来、拥有数百年历史的明清古建筑。从外观看上去像是一栋古时候大户人家的宅院，灰黑色的砖墙配以深色系的木制门窗，显得厚重而庄严，飞檐翘角、雕梁画栋、古韵对联，呈现出一种大气而富丽的美。

青旅的大厅复古而时尚。木制的车轮式桌椅、造型独特的灯笼、嬉笑怒骂的川剧脸谱、古风幽韵的水墨挂画都让人仿佛穿越到古代，而青绿色的台球桌前站着几个金发碧眼的外国友人又把人带回了悠闲自在的现代生活。

平遥古城的名气吸引了全世界各国的游客来此参观，俨然一座国际化都城的派头。这也给周边的客栈旅舍提出了更高的要求。在郑家客栈的前厅，就有兼具中外美食的餐厅酒吧。在这里可以品尝到平遥牛肉、栲栳栳、碗秃则等当地美食，不习惯吃中餐的国外游客也能在异乡品尝到各种西式餐点、咖啡美酒，价格还算适中。

走进青旅后院的住宿区，便会被整体的明清装修风格和木廊瓦檐上古色古香的木雕、砖雕、石雕和彩画所吸引，仿佛走进了某位古代大臣的宅子。一串串高高悬挂的大红灯笼，遮挡在房门前的大花棉被，极具西北民间特色；宽大厚实的方桌长凳，精美小巧的窗花剪纸，充满了民间生活的情趣；门扇窗檩上精雕细刻的木艺，檐下椽木梁枋之间的艳丽彩绘，处处彰显着古朴而华丽的明清建筑风格，让人很容易联想起数百年前平遥古城一派商业繁荣兴旺、百姓安居乐业的太平盛世。

客栈虽年代久远，但住起来还是很舒适的，我当时入住的是二楼的五人混住间，房间不大，但是床很宽睡着很舒服，每天早晨醒来推开雕花的木窗，便能看见四合院轮廓分明的棱角，听着大街上小贩们的叫卖声，恍如生活在古代繁华的街市上。

那时和我同屋的有一个日本小男生，一个波兰女大学生，两个美国小伙，只有我一个中国人，我那三脚猫的英语水平在和他们聊天时越发显得蹩脚和尴尬。虽然语言不通，但是大家见面都会很礼貌的微笑着打招呼，氛围非常融洽。从那以后，我便敦促自己要把还给老师的英语再补回来，为了以后出国旅行不至于连问路都不会。

若要说郑家客栈有什么不足之处，我想就是公共澡堂、盥洗池和卫生间都在一楼，上上下下有点麻烦，数量也较少，偶尔需要排队。

除此之外，郑家客栈从环境、位置、价格、卫生条件等方面而言真的算是一家非常不错的青旅了，值得一住。我给四星！

青旅的餐厅，复古的车轮桌椅很有个性

## 平遥古城三大必游景点推荐

**在**动笔写平遥古城时，我写了又删，删了又写，反反复复，终究不知该从何写起。平遥古城就像是一座大型的历史博物馆，文物之多、历史之久、遗存之丰富、文化之博大，让我不敢轻慢对待。

走进古城的各大景点展馆，我只恨自己对晋商文化乃至明清历史知之甚少，实在不够资格评头论足，畅叙古今。唯有将前人的经验和文字与自己当下的感受和心境结合起来，在驳杂的景点中推荐三个必游之地。

平遥古城景点实行联票制，可参观大大小小20个景点，每个景点只能参观一次，三日内有效。包括：平遥古城墙、文

四四方方、固若金汤的古城墙

庙、日昇昌、清虚观、古县衙、城隍庙、雷履泰故居、中国商会、协同庆、天吉祥、百川通、古民居、中国镖局、华北第一镖局、蔚盛长、蔚泰厚、报馆、汇武林、汇源当、同兴公镖局。

## 明清一条街，感受百年遗存的明清雅韵

**如**果你是一个对晋商文化或相关的历史人文不了解也不感兴趣的人，我建议你不要花费高昂的门票钱去参观各种大大小小的博物馆了，倒不如信步游走或骑辆单车穿梭于古城的大街小巷，感受百年遗存的明清雅韵。

平遥古城不似乌镇西塘那种江南水乡的柔美精致，也不像丽江凤凰那般充满独特的民族风情，而是在古朴大气中透出北方的豪迈壮阔。它很"土"，像北方很多地方一样，土灰色的天，青灰色的瓦房，土黄色的城墙，令人感到呼吸的空气中都有一股凝重和肃穆的气息。

在平遥，我最爱逛的是明清一条街和附近那些街街巷巷。这里虽没有多少山水美景，却有一幢幢充满历史底蕴的明清古建筑，青砖灰瓦、轴线明确、左右对称，檐下绘有彩画，房梁上刻有彩雕，古色古香。走在街上，让人有时光倒流之感。在这条400余米长的古街上，井然有序地连缀着78处砖木结构的古店铺，包括票号、钱庄、当铺、药

热闹繁华的明清一条街

铺、肉铺、烟店、杂货铺、绸缎庄等等，几乎包容了当时的所有行当，还有出售平遥特产的超市、特色小吃店、旅游纪念品店等。街面窄窄的，却十分繁荣，鲜明地体现出浓厚的晋商文化风采。

转角

夜色下的平遥古城更加富丽堂皇，令人瞩目。那飞檐翘角、华丽复古的听雨楼、市楼闪烁着迷人的霓虹，连接着纵横交错、灯火辉煌的街道，漂亮的红灯笼照亮着各式各样的酒吧、餐厅、店铺，喧嚣而热闹，有种穿越古今的交错感，仿佛回到一两百年前的晋商辉煌时代，依稀感到大街上过往商队那急促的马蹄声和扬起的阵阵烟尘，叫人感慨不已。

穿着西北特色服饰的美丽姑娘们

## 登临古城墙，赏古城日落风华

除了免费游玩的明清一条街，我认为最值得一看的便是平遥的古城墙，这是联票中包含的一处景点。想爬城墙就必须花150元，而且只能参观一次，这是最让我遗憾的地方。如果可以，我宁可每天日落时分都坐在古城墙的垛口上，什么都不干，只是呆呆地坐着，看金色的夕阳慢慢落下。

人称平遥有三宝，古城墙便是其中之一。这座明洪武三年(1370年)修建的周长6.4公里的城墙历经了600余年的风雨沧桑，至今雄风犹存。漫步在古城墙顶宽阔的石砖路上，感受着巍峨的城墙踩在脚下的踏实与厚重，抚摸着泥土夯实、烟熏火燎后的灰黑砖块，仿佛触摸着一段千百年前的历史，点将台、瞭望孔、射孔、垛口等军事设施仍保存完好，几尊射箭勇士、打更人和车马大炮的雕塑让人依稀能感到当年这里御敌激战时的场景。

站在城楼上，放眼这座古城，太阳渐渐没过了地平面，余晖洒向这座安静的古城，温暖而惬意。这里看不到高楼大厦，也听不到汽车鸣笛，却能俯瞰四合院里悠闲踱步的鸡鸭、趴在地上酣睡的大黄狗、成群耍闹嬉戏的小孩子……不似南大街那般浮华喧嚣，却能真真实实地体会到平民市井的生活气息，感觉到这座千年古城依旧活着。

鸟瞰整个平遥古城，更令人称奇道绝。这个呈平面方形的城墙，像一只伸着前爪的乌龟，南城门为龟头，北城门为龟尾，东西各两座城门如乌龟的四肢，城内的大街小巷就是龟背的纹路。上西门、下西门、上东门的瓮城城门均向南开，唯有下东门瓮城的外城门径直向东开，据说这是造城时恐怕乌龟爬走，因而将其左腿拉直，拴在距城二十里的麓台上。

乌龟乃长生之物，这个传说凝示着人们希冀借龟神之力，使平遥古城坚如磐石、安然无恙、永世长存的深刻含义。

## 百年沧桑日升昌

**如**果你已经买好了联票，却彷徨不知所措，不知这二十个景点从何看起，我建议你先去最能代表晋商文化的"日升昌票号"看看。

"日升昌是中国的第一家票号，是中国现代银行的开山鼻祖，从清道光初年成立到1948年歇业，历经一百多年，曾经'执中国金融之牛耳'，分号遍布全国35个大中城市，业务远至欧美、东南亚等国，以'汇通天下'而著名，被余秋雨先生誉为中国大地各式银行的'乡下祖父'。"

这是对日升昌票号最普遍的介绍，这家曾辉煌过一个世纪的票号我还未踏足便已油然升起一种兴衰巨变之感慨。遥想当年独领风骚指点江山的风范，岂不令人心向往之？

日升昌，历经百年风霜的票号，如今已不复存在

日升昌票号坐落于"大清金融第一街"平遥古城西大街的繁华地段,前临繁华闹市,后通幽静巷道,占地1000多平方米,有大小建筑21座,三进式穿堂楼院,第一进为柜台、账房,二进为职员住处、客房,三进是二层楼房,楼下是花厅,楼上是仓贮和伙计住处,最后是贵宾及高级职员住处。院落的设计和布置既体现了晋中民居的传统特色,又吸收了晋中商铺的风格,达到了建筑艺术和使用功能的和谐统一。

这里的房屋、墙壁虽历经百年风雨的冲刷洗礼,处处蒙上了斑驳的历史风尘,但其当年的雄风傲骨犹存,竟没有一点破败和潦倒的感觉。穿行在这座古老的院落之中,很难想象在这个青砖灰瓦的小天地里竟发生过许许多多惊心动魄的财富故事,很难想象一百多年前,那些票号商人就坐在这厅堂之上,调度着上千万两的白银。

如果你是一个对晋商文化、经济历史感兴趣的人,日升昌绝对是一个回味古今、值得一去的地方。

如果时间允许,你还可以去古县衙欣赏升堂表演,去文庙感受当年科举考试的画面,去镖局体会电影里镖师生活的场景,去协同庆钱庄看看黄金白银的地下金库……

但是,千万不要妄图在三天内将所有的景点全部参观

平遥古城的银行

完，那样只会流于走马观花的形式，而无法真正深入体会平遥古城的底蕴和魅力。

所以，跟着自己的心走吧，用心慢慢去感受这座风雨飘摇的千年古城。

旅舍的前台和公告栏

# 24

# 阳朔老班长
## 国际青年旅舍

累了，躺在柔软舒适的沙发上或靠在洒满阳光的窗边，就这样静静地看时间流淌

可爱的老班长涂鸦

**推荐指数：** ★★★★

**地理位置：** 广西壮族自治区桂林市阳朔县叠翠路府前巷36号

**旅舍特色：** 天台观景帐篷基地，每晚放电影，免费咖啡、爆米花

**作者体验：** 六人间床位男女混住（40元）

**联系电话：** 0773-6919780

**设施和服务：** 无线上网，行李寄存，电影秀，书吧，中午12点前免费咖啡，全天热水供应，天台观景吧，帐篷基地，台球，飞镖，吉他，秋千，吹风机，结伴同游留言条，租车服务，洗衣服务，自助厨房，酒水

**房型和价格：** 八人间30元/床，六人间35元/床，观景帐篷90元/顶，标间/大床房110元/间

# 可爱的"老班长"

阳朔老班长青旅门口复古的秋千在阳光下摆荡

从小我们就知道"桂林山水甲天下",其实,去了之后才发现还有一句话,叫"阳朔山水甲桂林"。最美的漓江、最神奇的山峰、最浪漫的西街,都在阳朔。

一个小小的阳朔县城,仅YHA国际青旅就有五六家,其他的私人旅舍更是遍地开花。在旺季的时候,这里无论是高级酒店,还是平民小馆,都是人满为患,一房难求。

选择老班长,最初也是一个无奈之举。时值暑假,前来阳朔旅游的学生居多,提前三天打电话预订青旅床位,只有老班长还剩一张,于是赶紧订下。但就是这样的无奈,却让我在这里收获了很多意外的惊喜。

先说说老班长的地理位置吧。它位于阳朔县最繁华的一个地段,从县城汽车站下车后沿着叠翠路往漓江方向走,大约6分钟后到达"华荣大酒店",这里有青旅的Logo。看到府前巷口的"谢三姐啤酒鱼"往里走,就能看见老班长青旅门口两面风中飘扬的五星红旗了。

老班长青旅距离闻名世界的地球村西街仅3分钟路程,距漓江步行仅需2分钟,距小吃街/步行街仅需1分钟。周边饭店、超市、户外用品店、泳装店应有尽有，吃喝玩乐都很便利。但是，老班长虽身处闹市却独立安静，夜晚西街酒吧的喧嚣吵闹不会扰人清梦。

喜欢老班长，不仅因为它的闹中取静，更因为它温馨舒适、友好热闹的环境。

我第一眼看见老班长门口墙壁上那个穿着绿军装、戴着绿头盔的卡通人物涂鸦时就被逗乐了，难道是因为旅舍的老板曾在部队里当过班长才起这个名字的？阳光下，门口爬满绿植的仿古秋千摇晃着斑驳的光影，让人好想坐上去享受阳光的味道。

老班长的大厅是很有情调的。色彩运用非常大胆，红色的沙发配绿色的抱枕，青苔色的沙发配灰色的抱枕，暗红色的墙面配黑色的地砖，让人感受到一股青春的活力。

不得不说，我很喜欢这里的沙发，柔软到像一团棉花，陷进去就不想起身了。有时，我可以一整天不出门，躺在一个靠窗的沙发里，聆听着从早到晚不同风格的音乐，读一本书，品一杯茶，偷尝着时光的散漫和慵懒。

老班长每天晚上都有经典电影放映时间，还有免费的爆米花赠送，一群热情活泼的驴友围坐在大厅里一边吃着爆米花看着电影，一边分享着旅途中的喜悦与故事，多么惬意而悠闲的旅途生活。

在青旅的楼顶，有一个很大的观景天台，同时也是帐篷基地，供有装备的驴友住宿，价格比住房间要便宜很多，很有特色。每当夜幕降临，站在天台上遥望远处神奇幽暗的群峰和满天璀璨的繁星，仿佛时空静止，活在一场虚拟的梦里。

住在老班长，也能让你的身体做个好梦，柔软舒服的棉被有一股淡淡的清香，木制的小床和储物柜散发着田园气息，宽敞的公共卫浴干净卫生，温热的冲凉水可以为你洗去一天的疲惫和灰尘。早晨起来，一杯免费的热咖啡让你一整天都充满精神。

可爱的老班长，给每一个走在路上的驴友们提供着温暖舒适的小窝，它会让你在美丽的阳朔留下一次美好的青旅回忆。四星推荐！

## 遇·阳朔

**在**阳朔，我每天睡到自然醒，去遇龙河漂流，看竹筏在崇山峻岭、凤尾竹林间悠悠穿行；去十里画廊骑行，看大榕树、月亮山、蝴蝶谷的神奇景象；去漓江边泡脚，看小狗套着救生圈在水里游泳；去西街游荡，从街头走到巷尾，逛一家家精致小巧的店铺。

我一直觉得自己活在梦境里，这样神奇的山水怎可能是人间所有？！那看似一座座独立的山体，却又连成一片一片，一

竹筏在崇山峻岭、凤尾竹林间悠悠穿行

阳朔西街，一条中西合璧的热闹小巷

脉相承、若隐若现、起起伏伏、重重叠叠、奇形怪状，就像是上天洒在人间的仙境幻影，一幅活脱脱的画卷。

而阳朔的西街，就像是这仙境中最充满人情味的地方，虽然它跟很多古镇景区一样是一条商业氛围很重的步行街，但是它却有着与众不同的情调和特色，也许是因为这里金发碧眼的老外太多了，多得让人仿佛置身异域，一种时空交错的感觉倏然而生，古朴、隽秀的西街搭配热情、开朗的外国游客，总有那么点中西合璧的洋味儿。

我爱逛西街，那一间间个性的特色酒吧、服装店、丝巾店、饰品店、古玩店、CD店、葫芦店、工艺品店、书店、小吃店、酸奶店、甜品店，充满了浪漫和幸福的味道。这里卖的东西看似不起眼，却十分吸引人，总让人有种想通通买回家的冲动，即使你什么都不买，光是看看，把玩一下这些可爱精致的小玩意都觉得很快乐。

"寂寞的人爱一个人旅行
旅行的人爱一个人寂寞

长满碧绿爬山虎的饭店，洋溢着春天的美好

　　我不是一个很爱寂寞的人

　　但生活中免不了的是一个人

　　一个人的落寞

　　我从来不去拒绝与逃避

　　一个人有点孤单

　　但有时候感觉也挺好的

　　……"

　　在西街的"一朵一果"小店里，我邂逅了这本特殊的旅行日记本，泛黄的牛皮纸，有种怀旧的味道，封面的彩绘图里一个眼睛微闭、嘴角上扬的孤单女生坐在空荡荡的火车窗边，若有所思的表情多么似曾相识啊，这不就是旅途中的我么？那一段关于"一个人旅行"的配文不正是我此时此刻的心声么？

　　"我借由旅行，召唤潜藏在心灵深处的情感记忆，咀嚼生命中稍纵即逝的浮光掠影"，也许，这就是缘分。我心里积压的情绪，通过一段文字、一次偶遇，在合适的时间、合适的地点，那么漫不经心地表达出来，却击溃了我的所有坚强。

　　在阳朔的老班长，我遇见了一个属马的温州男人，M，穿着黑色T恤、迷彩冲锋裤，一副桀骜不驯的模样，我似乎和属马的人有着不解的渊源。

　　我在青旅的留言板上发言要寻找陪我一起徒步漓江的驴友，M走来跟我说："我老了，徒步暴走漓江估计不行了，还是租辆摩托车游阳朔吧。"

你若安好，便是晴天

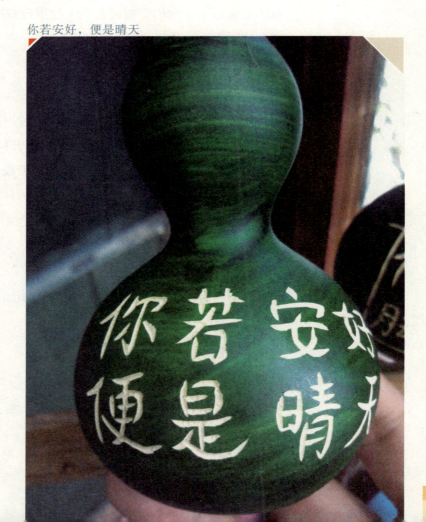

我笑他："才三十几岁的男人就说自己老了，那女人三十岂不是老妖怪了？"

M不接茬，说："我带你去吃阳朔正宗的烤鱼，去么？"我欣然答应，有一位帅哥请吃饭有什么道理不去？

那天晚上的月亮很圆很美，冷冷地照在烧烤摊前的水塘里，映出发白的光。我和M坐在小桌边吃着烤鱼，喝着啤酒。

那一顿饭基本上都是我在听他讲各地旅行的见闻以及他是怎么大手大脚花钱的，包括登珠峰，只装备就花了10多万，还有去菲律宾考潜水证，去澳大利亚吃大龙虾，在越南骑摩托车环游，等等。

我不断感叹，"你们这都是有钱人的旅行方式，我是穷驴，玩不起。"

M来了一句很经典的话，"赚钱是看你的能力，花钱则看你的个性。"

酒过三巡，M喝了三瓶啤酒，我连第一瓶还没喝完。M话到兴起，跟我聊起了他的创业史，从最开始给海鲜店供冰块，赚到百来万之后又去开酒吧。现在的他把赚到的钱一半积蓄，一半用来旅行。

我问他："你不带你老婆一起旅行么？"

M说："我老婆是公务员，没那么多假期，大多数时候只有我一个人。"

M好像忽然想起什么事，拿起手机拨了个电话，一开口便是："喂，宝贝，在干吗呢？"

电话那头是一个模糊的女声。

M继续报备："老婆，我现在在阳朔，和一个朋友喝酒吃烧烤，你要不要过来啊，这里很美，你坐飞机，我给你报销。"

骑行阳朔十里画廊，远眺月亮山，形似神也似

可能是他老婆没有答应，M脸上流露出一丝失望的神情。我心想，如果未来我遇到这样一个事事向我交代，不让我担心的好男人，一定要嫁给他！

酒足饭饱之后，我和M去逛了逛夜色下的西街。不像白天的清冷，夜晚的西街热闹而喧哗，满大街的霓虹、音乐和人，有花枝招展的辣妹、有规规矩矩的学生、有等待艳遇的男人，还有叽叽喳喳的孩子。灯红酒绿的迷醉世界里传来震得人心脏疼的打击乐，太闹腾了，我始终不喜欢这样的声色场所，转了一圈便回旅舍休息了。看着躺在床头的那本"一个人旅行"的日记本，我在想：

遇见，无论是一个人，还是一本书，无论是萍水相逢，还是刻意找寻，在这个阴差阳错的年代，在这个人海茫茫的世界，总归是一种妙不可言的缘分。

惜缘，就好。

兴坪老地方青旅

**25**

# 阳朔兴坪老地方
## 国际青年旅舍

青旅的大厅、前台和书刊架

旅舍里灰黑的欧式壁炉很有特色

**推荐指数：**★★★★★

**地理位置：**广西壮族自治区桂林市阳朔县兴坪镇榕潭街5号

**旅舍特色：**兴平码头边、老寨山脚下、外国游客很多

**作者体验：**六人间床位男女混住（25元）

**联系电话：**0773-8702887

**设施和服务：**酒吧，餐厅，空调，电视，小影院，无线网络，洗衣设施，行李储存，接待团队入住，自行车出租，旅游咨询

**房型和价格：**六人间会员价25元/床，非会员价30元/床；四人间会员价35元/床，非会员价40元/床；单人间会员价50元/间，非会员价60元/间；江景阳台双床房会员价170元/间，非会员价190元/间

# 在"老地方"等你

兴坪是一座拥有一千多年历史的古镇，这里不仅有古桥古庙、古街古村落，更重要的是，这里有漓江风景最精华的部分——20元人民币背面的那幅图景便是在兴坪拍摄的。

老地方青旅就坐落在兴坪古镇的繁华地段，是镇上唯一的一家YHA国际青旅，这里离码头仅几十米远，离拍摄日出日落最佳位置的老寨山仅几步之遥。

住在这里，你可以悠闲地踱步在那仅有一公里长的石板古街上，尽情领略"古巷深深"的意趣，还可以走到码头边坐上一只竹筏，在漓江的怀抱里放声高歌，或者在清晨黄昏徒步登上老寨山，观赏桂林山水、漓江风景全貌，都不失为一种享受。

到达老地方青旅，有两条路线：第一，坐汽车。这里距离阳朔县城约25公里，阳朔汽车站每天白天隔15分钟便有一趟发往兴坪的中巴，路上有些崎岖泥泞，需要开行大约一个小时才能到达。下车后你最好问一问当地人码头或者老寨山怎么走，否则你很可能和我一样迷迷糊糊地在古街巷子里转悠半天才找对路。第二，坐竹筏。如果你选择从杨堤一路漂流到兴坪，可以在朝板山码头下船后，沿着漓江下游方向走10分钟，过了一座大桥后会看到兴坪码头，码头边的"兴坪古镇"牌坊背面斜坡上就是旅舍了。

兴坪老地方跟桂林老地方是同一个老板开的，相比之下，我更喜欢兴坪老地方，因为这里不仅位置好、环境佳、条件优、气氛high，而且价格非常便宜。当时我入住的六人间床位会员价只需25元，是我住过的所有青旅中最便宜的一家。

也许是因为很多外国游客入住的原因，青旅的格调非常国际化，大厅的装修设计很有个性，沙发、长椅、电视、DVD、书籍、电脑、桌球应有尽有。最与众不同的是，在客厅的角落里有一个大型的欧式壁炉，用来烤制意大利柴火比萨，听说意大利人都对这里的比萨赞不绝口，虽然我不爱吃比萨，但是对这个灰黑灰黑的壁炉倒是兴趣颇丰。

桌球、电视、单车，应有尽有

每天晚上，大厅里都会聚集一群外国游客，男男女女，吃着比萨、喝着啤酒、看着电影、侃着大山，即使你是一个英语很烂的人都会有冲动想和他们一起疯。

老地方还有一个独一无二的优势，这儿的江景阳台房里可以直接看到20元人民币的背面图案，但只有一间，如果没有订上，也没关系，青旅的顶楼有一个宽敞的露天吧，在那里同样可以看到漓江山水和悠悠古镇。

我入住那天正好遇上小雨，坐在阳台的摇椅上慢慢摇荡，呼吸着雨水洗过的新鲜空气，那朦胧似幻境的漓江烟雨、层峦叠嶂尽收眼底，唯美，诗意，浪漫得叫人心醉。

除此之外，青旅的住宿条件也是很不错的，屋子宽敞整洁，温馨舒适，空调、储物柜、大木桌一应俱全，除了多人间以外，所有的房间都有独立卫浴，即使你住在多人间也不用担心，这里的公共卫生间和浴室每层都有，很干净，设施也很新，完全能够满足你的日常需求。

如果你来到兴坪，我强烈推荐你去老地方住一住，给自己一个放松的空间，给心灵一个宁静的家园，让都市里倦怠的脚步放缓，纵情于兴坪的山水画卷之中！

## 烟雨漓江

当一脸倦容的朋友雅丹出现在阳朔老班长青旅门口时，已是凌晨三点钟了。这家伙看着我整日游山玩水羡慕不已，终于按捺不住，逮到一个就近的机会可以请上两天假，跟着我一起疯玩。旅舍看门的大爷死活不让她上我房间休息，我只好陪着她窝在大厅的沙发上凑合了一晚，手上被蚊子咬出了一朵花。

第二天一早，我带着雅丹坐车去了兴坪，住在老地方青旅。这是她第一次住青旅，而且还是跟三个外国男生共处一室，这让她既兴奋又忐忑。没过一会，她的顾虑就彻底打消

恍若仙境的日落

登顶老寨山，被眼前这神奇美丽的景色惊呆了

了，跟几个帅哥有说有笑地聊开了，打听到他们的国籍、年龄、职业，去过中国多少个城市，来阳朔多久了，接下来要去哪，还充当起临时老师教他们说中文，几个室友居然特别认真地跟她学，我对她天生的人来疯和自来熟表示万分钦佩。

那几天，阳朔的天空就像只憋足了水的巨型气球，只闻雷声，不见雨滴。百无聊赖的午后，伴随着轰隆隆的雷鸣，整个天空仿佛炸开了一个窟窿，哗啦啦地往人间倒水，我们兴奋地跑上顶楼的观景天台，看着眼前朦胧雨雾下秀美的漓江山水，洗尽铅华、不染尘埃，回归最自然最原始的状态，烟雨中的漓江，自有一股清新淡雅、不食人间烟火的味道。

日落前夕，雨后初霁，空气清新得就像薄荷味口香糖，让人周身清凉无比。

听说老寨山是拍摄兴坪山水全貌和日出日落景色的最佳

童心未泯的雅丹，和来往游船上的人们打着水仗

地点，我们自然不能放过。这区区300米高的老寨山看似不难爬，可真正攀登起来才发现其陡峭和崎岖程度丝毫不可小觑。尤其是雨后的山路，光溜溜的石头上附着了一层湿滑的青苔，一不小心就会崴脚。其中有一段路甚至需要徒手爬上接近90度的铁梯子，人走在上面颤颤巍巍的，非常吓人。

过后我才知道，原来我们脚下走的这条崎岖的登山路，还有一个传奇而感人的故事。

那是1996年11月的一天，第一次来到兴坪旅游的日本人林克之向当地人借了一根绳索，艰难地爬上了老寨山山顶后，被漓江两岸美丽的风景惊呆了！他没有想到，世间竟还有这样美丽的山水风光"待字闺中无人识"。就在那个时候，他作出了一个令所有人都意想不到的决定：留在兴坪，无偿修建老寨山登山路和山顶观景亭。

随后，他奔波日本各地筹措了一笔款项，不畏天命之年，历时两年，于1999年秋天将登山道修好，并建成了两座观景亭，一座是建于山顶的"友好亭"，一座是建于半山腰的"和平亭"，表达了中日两国人民永远和平友好相处的美好愿望。

兴坪老街，没有西街繁华，却更能感受千年文化的味道

自"友好"、"和平"亭建成以来,林克之便定居在此,坚持每天打扫登山道、观景道一次,并且进行必要的维修。2002年,林克之娶了一位南宁太太,并生下了一个活泼可爱的儿子。如今,这一家三口靠在山脚下开的一家"老寨山旅馆"勉强维持生计,而他对兴坪旅游和当地经济的发展做出的

漂流兴坪,可以看见20元人民币背面的图案

贡献却是巨大的。如果你有机会去兴坪旅游，记得去拜访一下这位日本老先生。

当我气喘吁吁地登上山顶的观景亭时，我终于明白当年林老先生为什么会放弃归国的计划，留在这里了。望着脚下那片磅礴恢弘的漓江山水，我和雅丹都惊呆了！天哪，这也太美了吧！

极目远眺，雨后碧空如洗，云淡风轻，连绵起伏的群山在阳光的照射下忽明忽暗、幻影瞳瞳，玉带般悠长碧绿的漓江水环绕群山，来了一个180度的大转弯，将水中央的山峰田野包围起来，呈现出一颗天然的心形。往右看去，漓江中游船星星、帆影点点，小小的兴坪古镇屋宇楼台重叠相间，在青绿的山水映照下犹如世外桃源般地存在着。

日落时分，太阳半遮半露地藏进了云里，天空开始放射出无数道神奇的光线，透过云层折射在成群起伏的山谷里，洒向地面，仿佛是天上神佛顶上的万丈金光，普照三界，美得如同置身仙境一般。

此时，我已经忘记身上所有的酸痛，沉醉于这神奇的漓江山水之中，连连惊叹。

太阳最终没于西山，眼前美景稍纵即逝，留给人间几多嗟叹。夜晚的兴坪古镇冷清、寂寥，许多店家早早都打烊了，路上漆黑一片，行人无几，而此时此刻的阳朔西街应该是华灯初上，一片纸醉金迷的浮华与喧闹吧。

漓江的夜晚，静谧幽深，漫天璀璨的繁星，清晰呈现的银河，我仿佛看到亿万光年以外那片宁静美好的天堂。

明天，又是一段崭新的旅程。

满墙诙谐可爱的涂鸦和留言

**26**

# 北海海驿 国际青年旅舍

北海海驿青旅宽敞简洁的大厅

**推荐指数：** ★★★★

**地理位置：** 广西壮族自治区北海市侨港海滩（银滩西区）

**旅舍特色：** 靠海、越南风情小镇、红房子

**作者体验：** 八人间床位男女混住（35元）

**联系电话：** 0779-2205527

**设施和服务：** 台球，桌游，观影，Wi-Fi，空调，热水，吊床，楼顶躺椅，停车位，自助厨房，自助洗衣

**房型和价格：** 八人间会员价30元/床，非会员价35元/床；六人间会员价35元/床，非会员价40元/床；双人间/大床房会员价115元/间，非会员价125元/间；家庭房会员价150元/间，非会员价160元/间

北海海驿青旅，红配绿的撞色风格特别抢眼

# 海边的红房子

**来**北海，最主要的目的是中转，一来是去看看中国最大最年轻的火山海岛——涠洲岛，二来是坐轮船去海口。

海驿国际青年旅舍离国际客运码头很近，码头每天都有发往涠洲岛和海口的船，所以，这里自然成了我入住的首选。

虽然海驿离码头很近，但是离市区和车站就有点距离了。它位于离市区10公里远的侨港海滩，一个靠海的边陲小镇上，无论你坐飞机、汽车、火车，都必须中转换乘5路公交车到终点站"侨港海滩"下车。站台对面有一栋非常抢眼的红房子，三层楼高，底层的外墙粉刷成墨绿色，这样奇特大胆的撞色风格让人看着就有种莫名的兴奋，这就是海驿国际青旅。

走进前台服务厅，文艺小清新的装修风格令人顿感亲切，大红色的墙面上贴着各国语言书写的"我爱你"的彩条，很有意思。前台MM热情微笑的服务让人如沐春风，如果你需要咨询当地好吃的好玩的，她们会很乐意指给你看墙上的手绘地图，告诉你怎么坐车，哪一家的糖水好喝。

顺着贴满了各地青旅海报的楼梯走上二楼，视野立刻开阔许多，公共区域非常宽敞，风格简约但很有设计感，尤其是整

七夕之夜，青旅举办别开生面的游戏派对

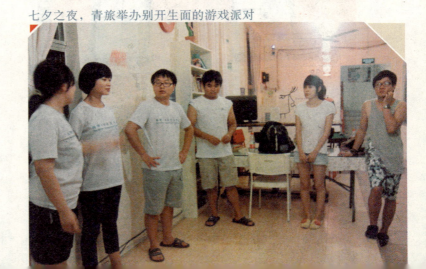

面白墙上的信笔涂鸦和精美墙贴，是目光停留最久的地方。大厅里有桌球、电脑、电视、书吧、工夫茶具、投影仪，休闲娱乐设施非常齐全。

每到夜晚，大厅人头攒动，大家你一言我一语，讲述着自己的旅行故事，气氛很融洽。我记得入住那天正好碰上七夕情人节，旅舍还特别举办了一场单身派对，邀请所有的住客一起玩游戏、送奖品，场面活跃而温馨。那是我第一次参加青旅的聚会活动，特别难忘。

海驿除了环境好、服务好，住宿条件也很不错。八人间的屋子虽然人多但是丝毫不觉得拥挤，床单被套放在单独的储物柜里，需要自己动手铺设，如果你是一个平常很少干家务的人，正好可以趁此机会活动活动筋骨。还有一点我非常喜欢的是，下铺装有漂亮的帘子，如果不想被外界打扰，可以将帘子拉上，独享私人空间。此外，旅舍的卫生间和浴室的卫生条件也很好，虽然合二为一，但数量较多，不用担心排队或没有热水的情况。

住在海驿，不仅舒适便捷，而且周围可供游玩的地方也不少。

从旅舍出门走50米就到了海边，蓝天、白云、阳光、沙滩、椰林、海风，惬意悠闲。这里并不是外地游客聚集最多的"银滩公园"景点，而是本地人更愿意来享受安静私密海景的"侨港海滩"，虽然叫法不同，但其实是相连的一片海。

在海边游完泳、晒完日光浴，你可以回青旅冲个凉，小睡一会，等到黄昏时分，从旅舍散步到热闹的侨港镇上。这个小镇曾经是联合国安置难民的示范点，大部分当地居民都有越南背景，因此镇上有一股浓郁的越南风情。这里最有名的就是越南美食和糖水了，你可以点上几盘生猛海鲜，再叫上几份越南卷粉、鸡粉、炒螺、煲仔饭，最后来上一碗甜滋滋的糖水甜品，味蕾上的巨大满足会让你心情大好。

总而言之，住在海驿，可以让你远离闹市，拥抱大海，享受一份慢节奏的闲适与恬淡，同时又能让你充分领略越南风情、融入当地生活、尽情吃喝玩乐。我喜欢这里！

# 北海的浮光掠影

### 一个人看海

**说**起大海，我曾无数次地想象过自己第一次看海时的情景：我会牵着爱人的手，光脚走在细软的沙滩上，从日出走到日落，从黄昏走到月夜，听大海的涛声，看洁白的浪花，无忧无虑地蹦，没心没肺地笑，累了就在海边坐着、躺着，甚至睡去，那是我幻想的最美好的梦境。

然而，现实却来了一个180度的大转弯。

我仍记得2009年的初秋，我拖着一副行尸走肉般的躯体逃离北京，天还没亮，便一个人走在北戴河凄冷清冽的海水中，凝望着寂静的海和渐渐升起的红日，满腔愁绪涌上心头，我在沙滩上写下了一封没有署名、没有地址、无法寄出的信，我想，总有一天，会有一个人愿意陪我一起看海。

海滩上尽情玩耍的孩子们

三年后的盛夏，那个人来了，又走了。

我，还是最初的那个我，一个人站在"天下第一滩"的北海银滩中，望着远处海天相接的地方，看似那么近，却是咫尺天涯。

银滩的海，水清沙幼、椰林森森、螃蟹出没、蜻蜓飞舞，人头攒动的海边弥漫着欢声笑语，被踩出小道的沙滩上留下了一排排幸福的脚印，独自漫无目的地走着，光脚踩在柔软细白的绵沙上，让脚丫深深地陷进去，再猛地飞起一脚，把沙抛得远远的，任它们随风飞扬，然后落入另一片沙域，如同往事，抛开，随风而去。

大海对我而言有一种特殊的意义，无论我一个人走过多少风景秀美的山川河流，在我心里唯有大海是需要两个人一起看的。因为它的浩瀚辽阔，我一人承受不起，我害怕汹涌的潮水将我一遍遍地冲刷洗尽，最后把我伪装快乐的外衣褪去，裸露出那个寂寞脆弱的灵魂。所以我不喜欢一个人看海那酸涩而苍凉的滋味。

## 印象北海

**对**于北海这座中国南部的海滨小城，我最深的印象便是它四处弥漫的海腥味和浓郁的越南风情、市井民风。北海没有三亚、厦门那般繁华喧闹，却拥有自己的独特魅力。

侨港镇的越南风情小吃街，街道两边低矮老旧的房屋看上去有点像二十世纪旧中国的模样，镌刻着深深的历史印记。这里的大街小巷布满了糖水店、炒螺店、越南卷粉店、蛋糕店、烧烤摊、大排档。每天清晨，你会看见无数的摩托车、电动车、三轮车、自行车在不宽的马路上川流不息，露天的集贸市场上吆喝声一浪高过一浪，商贩与居民们用当地的方言在讨价还价。黄昏时分，这里的热闹才真正开始，灯光亮起来了，店家忙活起来了，桌椅摆到街道上了，吃炒螺烧烤、喝糖水的人陆陆续续就位，吃着、喝着、聊着、笑着，整条街巷弥漫着炒螺的香味和慵懒的气氛。来到这里，仿佛一切烦恼尽除，什么天大的事都变得不在乎了。

相比之下，拥有百年历史的北海老街——珠海路就显得更加沧桑和文艺了。

这条始建于1883年、长1.44公里、宽9米的老街上全部都是中西合璧的骑楼式建筑，因为深受英、法、德等国在此建造领事馆的影响，这里的骑楼大多吸收了西式的装饰与浮雕风格，线条流畅，工艺精美。然而百年的历史烟火也在这些恢宏大气的建筑上留下了永远无法抹去的累累伤疤和痕迹，那些烟

北海老街，中西合璧的骑楼式建筑是一大亮点

侨港镇的集贸市场上叫卖特色小吃的小贩们

熏火燎、斑驳破损的黑色墙面和废弃的领事馆、教堂旧址便是最有力的证明。

如今的老街经过多次修复，俨然成了一条著名的休闲旅游步行街，街边咖啡店、酒吧、博物馆、客栈、文化展览馆、餐饮老店鳞次栉比，置身其中，仿佛瞬间穿越时空，回到了昔日那个车水马龙、灯红酒绿、风花雪月的繁荣街市。

## 海上浮光

在北海的那几天，原本计划与几个驴友一同去涠洲岛上小住几日，可惜天公不作美，恰恰碰上台风过境，涠洲岛上停水断电，只好作罢，买了一张北海开往海口的夜船。

从北海到海口，147海里的距离，轮船需要在夜里开行12个小时。

伴随着起航时油轮底部发出的铿锵有力的轰鸣声，船正在一点一点地驶出码头，回望身后渐行渐远的北海小城，内心有一种说不出的不舍。

日落将至，码头边整齐划一地停靠着各种渔船，辛苦工作了一天的渔夫们正在收网，余晖洒在他们劳作的身影上，将人映成黑色的剪影，与船只一同渐渐消失在视线中。

油轮正迎着无限美好的夕阳在浩瀚的大海中前行，金色的晚霞洒满了苍茫的海面，泛着粼粼的光，天边流云滚滚，正在一点一点地将太阳吞噬。夜色渐浓，黑暗渐深，心也渐渐安静了下来。

前方，是天之涯，海之角，那片茫茫未知的土地上将会有怎样美丽的风景和动人的故事？即将画上句号的环游中国之旅还会有多少意想不到的收获和探险？我站在海风徐徐的甲板上陷入了梦境……

从北海到海口的船上，看一轮落日渐渐没过海平面

三亚蓝天青旅门前独特的阳光屋，流线型的白色长桌很有设计感

# 三亚蓝天 国际青年旅舍

27

旅舍大门前的招牌和垂着藤蔓的休息区

青旅大厅宽敞舒适，简约温馨

**推荐指数：** ★★★★

**地理位置：** 海南省三亚市大东海海韵路蓝海巷（夏日百货旁）

**旅舍特色：** 大东海景区、海洋风格、卖萌的猫狗

**作者体验：** 标准间（140元）

**联系电话：** 13876791920

**设施和服务：** 空调，独立卫生间，24小时热水，免费上网，免费小药房，用餐服务，旅游咨询及线路安排，接送机服务，出租冲浪板，帐篷，免费图书借阅，海鲜烧烤

**房型和价格：** 多人间45元/床，家庭房200元/间，大床房/双人间170元/间

# 蓝天青旅，海景近在咫尺

亚蓝天国际青年旅舍是2003年创立的，是海南岛上的第一家YHA国际青旅。我喜欢这里主要有以下几个原因：

第一，地理位置绝佳。蓝天青旅位于大东海旅游区中心地带的一条小巷子里，离水清沙幼的大东海沙滩仅150米，步行五分钟即到。对于热爱大海、喜欢游泳的朋友们来说非常便利，可以直接在房间里换好泳装，带上青旅为旅客贴心准备的漂亮的沙滩浴巾去海边尽情享受假日时光。而且，这里不临马路，没有闹市区的喧嚣，晚上非常安静。

第二，交通非常便利。从蓝天青旅出门步行两分钟就是夏日百货，三亚的公交车几乎都经过夏日百货站。从这里出发，有去往蜈支洲岛、亚龙湾、市中心、天涯海角、大小洞天等三亚著名旅游景点的公交或者旅游专线车，还有直达机场、火车站的班车，无论多晚，机场都有大巴可以直接送到旅舍，即便半夜入住，24小时营业的青旅都能让驴友们有一个栖息之所。

第三，生活十分方便。青旅周围两三百米的范围内，餐厅饭店、商场超市、特产专卖店、水果摊、娱乐场所、银行等一应俱全，在这里你可以品尝到最地道的疍家鲜鱼汤，最正宗的海南土家菜和最可口的清补凉。如果想吃生猛海鲜，可以在夏日百货坐公交车去第一市场，那里的海鲜品种繁多、新鲜实惠，旅舍里有厨房，可以自己亲自下厨烹制，享受做饭的乐趣。

此外，青旅的装修布置也非常有个性。一栋五层楼高的房子外围粉刷成天蓝色，不规则的线条看上去像一层层的海浪，充满热带风情。室外是一块透明的阳光房，阳光透过头顶的玻璃照射下来，斑驳一片，外墙上活泼可爱的彩色涂鸦充满童趣。阳光屋内流线型的白色长桌设计感很强，驴友们可以面对面坐成一排举办派对、享受美食、尽情欢乐。有趣的桌上足球和台球是老外们的大爱，时不时可以看见他们奋力厮杀、开怀大笑。

旅舍会不定时地举办BBQ、海南特色小吃制作会、冰淇淋分享会、海鲜大聚餐等Party，让你有更多机会结识来自世界各国的驴友，增添旅途乐趣。

青旅的大厅宽敞舒适，简约温馨的整体风格和充满创意的局部设计充满现代感，藤条的长椅沙发和秋千复古悠闲，是个休闲放松的好地方。旅舍还有一个专门的阅读室，供大家看书、上网、交流。

偶尔，你会看到旅舍里的几只非常可爱的小猫小狗到处窜来窜去，打打闹闹，还会握手、卖萌、打嗝、欺负同伴、向你要食物，没事逗逗它们，也不失为一段开心的回忆。

另外，旅舍的住宿条件还不错，房间布置得很温馨，里面的设施齐全，有空调、电视、大衣柜、独立卫浴、24小时热水，家具和床垫是宜家的，很舒服，床品是小清新的花纹图案，很漂亮。

总之，住在蓝天，我认为是一个不错的选择。四星推荐！

在蓝天青旅，你可结交世界各地的朋友

# 海南岛骑行之旅

**海**南是我环游中国之旅的最后一站。

很多人向往海南是因为三亚，这个被上帝宠坏的孩子拥有世界上最纯净的碧海蓝天、银沙椰风、灿烂阳光，让所有热爱大海的人为之倾慕。

当然，我的最终目的地也是三亚，从海口到三亚有直达的高铁，不用2个小时就能到达中国最南部的天涯海角。可是，我却不想走得那么急、那么快，就像当初游青海湖一样，我选择再一次用骑行的方式去丈量这片朝气蓬勃的土地，哪怕这种

躺在这样一片蔚蓝的海边，只想待久一点，再久一点

车子在高速路上不幸爆胎，真的抓狂了！

方式有些辛苦、有些漫长，我也认为是值得的，因为沿途的风景和故事才是旅行的魅力之所在，无论是好是坏。

清风是我骑行时的同伴，是在天涯论坛上一直关注我旅行动态的网友，得知我要骑行海南岛，便提出要和我一起上路。他请我和小弟阿文在海口的骑楼小吃街吃饭，是一个个子不高、有点小胖的男生，阿文说他人挺憨厚老实的，可以放心一起上路。

在车行租好单车、买好装备，计划好每天的线路，我们充满万分期待地出发了。

第一天，我们从海口出发，骑行80公里到文昌，一开始是激动兴奋，在离目的地只有20多公里的地方我们被暴雨抓住，全身被淋湿，不得不摸黑骑夜路，差点被车撞死。

第二天，我们从文昌骑至16公里外的东郊椰林，成片成片绿色的椰林、一望无际的蓝色海洋、细软绵密的银色沙滩、清朗舒展的蓝天白云……东郊椰林的无敌美景让我们都不愿离去，于是放弃了去博鳌的计划，留在这里看海。

第三天，七月十五中元节，俗称鬼节。我们在博鳌度过了一个

推开那扇红色的大门，一个佛字让人瞬间平和安静下来

不同寻常的鬼节，也正因为那一个夜晚，我最悲催的一天骑行开始了。

我做了一个噩梦，我梦见两只乌龟，慢悠悠地爬行在车来车往的公路上，它们要转弯朝另一个方向爬去，忽然一辆疾驰而来的卡车从这两只乌龟的身上重重碾过，龟壳碎裂，血肉模糊，粉身碎骨！

我被吓醒了，总觉得这是一种不祥的预兆，似乎接下来的路不会一帆风顺。

路过博鳌寺，我准备进去拜拜菩萨求个平安，怎料区区几公里的路，我们竟两次走错方向，骑进了死胡同，好像有什么东西在一直阻挠着我们。

清风在门外看车，我一个人进去，看着那些慈眉善目的佛和菩萨，心里的恐惧感渐渐缓解，内心平和起来，这也许就是信仰赐予我的一种力量吧。

离开博鳌，我们向万宁进发。67公里的路程应该是非常轻松的，完全没料到接下来的一天是何等的曲折多难。

我们骑到一个岔路口停住了。我坚持左转，清风坚持直行，两人拿不定主意，问了问路边一辆运货车，几个人都异口同声说直行，我们只好先骑一段路看看。

大概骑了七八公里，一个又一个的上坡路看不到尽头，太阳灼烧着皮肤，酷热难当，我们骑得气喘吁吁，停下来休息。我们的位置偏离手机导航显示线路越来越远，我们的确又走错路了，只好原路返回，按我说的方向走。

正在此时，暴雨突至，经过前几天的磨炼，我早已对海南的天气见怪不怪，迷迷糊糊地把手机搁在坐垫上让它淋雨，不紧不慢地穿上雨衣，接着很淡定地拿起被雨水淋了个透的手机甩了甩，用卫生纸将水吸干，继续骑车。于是，我悲剧了，手机坏了。

人倒霉的时候喝水都塞牙，偏偏在快到一个高速公路口的地方我的车前轮爆胎了！我和清风都不会补胎，这里前不着村后不着店，那时，我内心有股无名之火要爆发，真想一怒之下弃车走人。

这短短半天遭遇各种不顺，走错路就算了还一路下暴雨，下暴雨就算了还出着大太阳，太阳暴晒就算了还一路上坡，一路上坡就算了还一路逆风，现在，手机坏了，车子坏了，接下来还有什么更糟糕的事情等着我？！

抱怨也没用，还得想办法修车。拦了辆去何乐镇的小三轮，我去修车，清风慢慢骑，在镇上汇合。补好胎，继续上路，天色已近黄昏，路过万泉河，天空像蒙上了一层透明的滤镜，太阳藏在厚厚的云层里，只留一片烟灰浅白弥漫整个天际，有些浑然不清，可就是这样毫无层次感的颜色却在万泉河水的倒映下呈现出一种波澜不惊的异常的美，像一面浑然天成的镜子，与世无争。又像极了乌尤尼盐湖，纯净如入天堂。

日落时分，云霞满天，大海显得寂静而苍茫

东郊椰林令人迷醉的黄昏美景

我们站在桥上惊喜地看着这仿佛天赐般的美景，久久不愿离去。这是一天之中最开心的时刻了，也许这世上真的有命中注定，人与人之间有，人与物之间也有。如果没有走错路，没有车爆胎，我们又怎会在此时此刻，刚好经过万泉河，刚好看到绝美的黄昏呢？

我们骑到万宁已经天黑了，在市里兜了一圈又一圈都找不到便宜的旅馆，若是跟前几天一样，两人拼住一屋，分摊下来的价格我还能接受。但是，今天我们在住宿上产生了分歧，清风想自己单独住一屋，好好休息。我尊重他的选择，但是一百多元一晚的房费对于我这种住惯了青旅几十元床位的人来说，还是觉得不值，有这钱我宁可去吃一顿美食。

经过一番思量，我跟清风说，"那你在这住吧，我不住了，我把行李放这，洗个澡，去网吧待一晚。"

这情形让我想起四年前的春天，我一个人毕业旅行，途经景德镇中转去婺源的那晚，也是在网吧过的夜，只是那时候我乐在其中，而现在却是无奈之选。

心里有些不痛快，发了条微博说"心情不好，谁愿意陪我聊会天？"

佩和雅丹第一时间打来电话安慰我，鸟叔也在QQ上陪我聊天、排遣，心里的郁结渐渐解开了，我拖着疲惫不堪的身体窝在网吧的沙发里沉沉睡去。

最后一天，从万宁到三亚，110公里，行程有点紧张。我担心骑不到终点便提议先坐车到陵水再开始骑，清风同意了，但是到了汽车站他临时改变主意想坚持一路骑到三亚。

我们就此别过，心里多少有些沮丧和担忧，接下来的路我必须一个人面对了。

在离三亚还有27公里的高速路上，我又一次感受到了什么叫祸不单行。早不来晚不来，偏偏在空无一人的高速路上，我的车后轮也爆胎了！暴雨如注，我站在路边像一只可怜的落汤鸡，被呼啸而过的汽车溅起的积水浇了一身。

那一刻，所有的委屈、磨难、疼痛在心里聚集起来，化成一颗颗泪水涌了出来。

雨下得再大一些吧！

把我整个人都清洗一遍吧！

让我身上所有的霉运通通滚蛋吧！

最后，我不得不放弃骑行，拦了一辆顺风车将坏掉的单车和快要坏掉的我一起运到了三亚……

院子里有充足的阳光、舒适的藤椅，慵懒而惬意

28

丽江**老谢车马**
青年旅舍

**推荐指数：** ★★★★

**地理位置：** 云南省丽江古城新义街积善巷25号

**旅舍特色：** 电影《转山》的外景地、纳西族特色建筑

**作者体验：** 四人间床位男女混住（40元）、十人间床位男女混住（35元）

**联系电话：** 0888-5116118

**设施和服务：** 免费Wi-Fi，电脑上网，上万册书刊，大屏电视，餐厅，车辆出租，旅游咨询，自助洗衣机，行李寄存，代订机票/车票

**房型和价格：** 混住多人间会员价40元/床，非会员价45元/床；四人间会员价45元/床，非会员价50元/床；豪华大床房会员价188元/间，非会员价198元/间；标准间会员价168元/间，非会员价178元/间

房间门口悬挂的纳西族饰品

# 晒太阳的纳西小院

**丽**江是一个旅游业非常发达的城市，因此这里的YHA青旅也是遍地开花，大研古城和束河古镇加起来就有不下十家青旅。

如何选择，颇有些费脑筋。束河古镇是新开发的景区，位置比较偏，但是环境清幽，旅舍也较新，而大研古城已经是非常成熟的商业街区了，住在这里热闹自然不在话下，出门便是美景，而且周边的餐饮、娱乐一应俱全。

比价格、比位置、比环境、比名气，最后我还是选择了大研古城里的老谢车马青年旅舍。

一是因为他们家是被国外旅游书刊Lonely Planet《China》、Rough Guides《China》推荐的丽江旅店；二是因为这里曾是电影《转山》的拍摄地之一。《转山》讲述的是一个台湾男生为了实现过世哥哥的梦想而踏上骑行滇藏线的艰苦旅程，我对这部电影的印象很好，便想去感受一回电影里的场景。

对于第一次去丽江古城的驴友来说，要想顺利找到一家旅舍真有点困难，因为古城里纵横交错的街道巷弄太多，曲折迂回，门牌号码也很混乱，没有地图和方向感很容易在里面迷路。

有人说，那就打车呗，总能送到旅舍门口吧。

错！丽江古城里是不允许任何车辆进出的，所以无论你是坐公交、出租车，都必须停在古城门口或者其他地方，再徒步走进来。

到达老谢车马，有两种线路可以选择。

第一，如果你从机场或者汽车站出发，可以坐公交或打车到"古城派出所"下，沿着斜坡路向下走，在丁字路口（迎面有个小卖部）右拐，过"方国瑜小学"，继续下行，遇丁字路口右拐，走十多米就到了，步行全长150米左右。

　　第二，如果从火车站过来，可以坐4路公交直接到"古城口"下车，往古城里走，看见丽江标志性的建筑"大水车"就是古城了。经过玉河广场找到治安岗亭，从岗亭所在的新义街积善巷口进入，步行约500米到"卖草场"（也叫"小四方街"），街上有一家"沙县小吃"，沿着店旁的巷子里前行100米，看见一家乌瓦灰墙的小门上面写着"玉水客店"，墙上贴着YHA的Logo，就是这里了。如果找不到路，可以打电

穿过这条幽深的小巷子，就能看见青旅了

从二楼的阳台上看草木葱茏的纳西小院

话让青旅的服务人员出来迎接。

老谢车马的建筑风格是典型的纳西族建筑，土木结构的瓦屋，三方一照壁、四合五天井的格局造型独特、古朴典雅，门窗、牌楼上精雕细琢的图案，线条生动苍劲，形象栩栩如生。宽敞的花园庭院里栽种着花花绿绿的植物，三顶遮阳伞下摆放着几张木桌和软藤椅，阳光洒在院子里折射出斑驳流动的光影，这样宁静而美好的空间最适宜发呆或者阅读。

我看到了电影《转山》里熟悉的画面，对着大门的客厅和前台，地上放着几个暖水瓶，二楼的过道上铺满了晾晒的白床单，男主角住的202房间被粉刷成暗绿色，墙上满是涂鸦和留言。电影的真实场景地在眼前再现，我心里还是有点激动的，倘若你也是《转山》的影迷，可以预订202房间，去身临其境地感受一下电影里的氛围哦。

言归正传，说说我当时入住的情形吧。第一次入住时我定的是二楼的四人间，楼道很窄，房间非常小，除了两张高低床和一张桌柜之外，再无其他。第二次我从泸沽湖回来换到了一楼的十人间，位子倒是宽敞些，但人多也更嘈杂。我记得当时有位韩国老大叔睡在我的斜下铺，那一晚，我迷迷糊糊睡到凌晨三点，突然被他一阵阵惊天地泣鬼神、震耳欲聋、响彻云霄的呼噜声惊醒，之后就再也没有睡着，翻来覆去地唉声叹气，想大声发作又觉得不太友好，只好塞上耳机，上网看电视剧到天明（青旅房间里有Wi-Fi）。

那是我这几年青旅历程中第一次感到痛苦和崩溃得想死，是我永生难忘的一次经历。

当然，这也不能怪青旅，遇到这种事只能说自己运气不好。

客观地说，老谢车马的公共盥洗室、浴室和厕所的条件还是不错的，热水限时供应，但足够洗个舒舒服服的热水澡，洗漱池也有热水，公共厕所男女分开，比较干净，提供厕纸和洗手液。盥洗室里有自助洗衣机，付费后便能使用，衣服可以晾到二楼的大阳台，太阳天很快就能干了。

如果你要去泸沽湖、中虎跳游玩，青旅可以代订专线旅游车票，还可以代订去昆明、大理、丽江的车票，省去你到车站购票的时间。

丽江其他的青旅我没有住过，无法比较出高低好坏，但是老谢车马店我还是比较满意的，推荐驴友们去感受一下。在此提醒大家，丽江旅游旺季时旅舍供不应求，最好提前三五天预订，如遇节假日，最好提前半个月。

祝愿每一个去丽江的人都有属于自己的客栈记忆。

# 要旅行，还是要爱情

2012年9月，当我从环游中国之旅的最后一站三亚回到深圳后，一段非常痛苦的适应过程开始了。7个月的旅行花光了我工作3年多来积攒的全部积蓄，3万块钱最后只剩800块钱回家，穷得叮当响，我必须尽快找到工作养活自己。很幸运，在一周之内我找到了一份文字编辑的工作，开始重复起以前朝九晚六的白领工作。

我清晰地记得第一天上班，早晨被6点半的闹钟闹了3次才醒，晕晕乎乎地挤在密不透风的地铁里，走在天桥上看着过往的上班族步履匆匆、神色委顿，我突然无法接受不久之后的自己也将变成这副模样。

古城的华灯在夜幕下绽放

一到夜晚，古城的酒吧街就变成了寻找艳遇和朋友欢聚的场所

望着蓝天，我质问自己，难道旅行这么久之后我还是要重新回归犹如提线木偶般的苦逼日子吗？难道我曾经在旅途中思考的人生意义都是纸上谈兵吗？难道我努力摆脱世俗的一切却还是无法享受自己想过的生活吗？我开始变得烦躁不安、情绪飘忽，怀疑自己旅行的意义和未来。

五个月之后，2013年的春节结束了，这种循规蹈矩的生活我也过够了，于是订了一张3月7号深圳飞昆明的机票，比火车票还划算。这一次，我要揣着积攒下来的

纳西族小饰品，特别可爱

6000元钱再一次进藏，走滇藏线去泸沽湖看蔚蓝的海子，去林芝看桃花，去拉萨看羊卓雍错，去珠穆朗玛看雪山……

说我洒脱也好，逃避也罢，我总是在不停地给自己找借口出去旅行，因为我的心没有依靠，旅行便是精神支柱。

可就在买好机票、满怀期待准备出发前的一个月，我的爱情来了，来得有点出乎意料。

通过家人的介绍，我认识了峰子。我在深圳，他在上海，

我在丽江等你

我们通过QQ看了彼此的照片，似乎没有那种一见钟情的感觉。可渐渐地，我们的聊天时间越来越长，话题越来越多，从人生观、价值观、爱情观聊到工作、生活、电影、明星，兴趣爱好，无不相投，每天在QQ、微信、电话里斗嘴掐架拼智商，天天乐得走路都在笑。我觉得峰子就像是上天给我的恩赐，就是这么多年我苦苦寻找的那个人。

我现在开始相信，世间发生的一切除了早已注定的前因后果，还有一个时间的落差和巧合。差一点，就可能不会相遇，多一分，就可能出现大不同的结局。一切，都只是，刚刚好。

在从昆明到丽江的火车上，我看到微博里正在直播丽江古城昨夜发生的火灾，有的民居被烧得面目全非。惊魂未定之下，我想到如果我早一天去，说不定就遇上险情了。

我问峰子："万一我有个三长两短你怎么办？"

他说："柳，别拿自己的安危开玩笑了，你得好好的，看着我一辈子。"

我心里有些感动，忽然很想去见他，便问："我不玩了，去找你好不好？"

峰子说："好想，但不好，我不想因为我而影响了你的

四方街上唱着跳着的人们，让人感到无比悠闲自在

自由和旅程。如果以后有幸能娶你过门，我会每天抱着你，你想走也走不了。"

那一刻，我心里装着满满的幸福。

三月的丽江，春暖花开，绿柳吐新，阳光和煦，云淡风轻。重游丽江，古城少了几分旺季的喧闹与尘嚣，多了几分宁静和淡泊。还是熟悉的街道，还是熟悉的水车，还是熟悉的酒吧，这里的每棵树、每条溪流、每家小店我都似曾相识。

卸下背包、丢掉单反、脱去冲锋衣，我换上简单的T恤、拖鞋、牛仔裤，轻车熟路地走在古城溜光斑驳的石板路上，穿梭于民族小店门口，停停留留，坐在四方街上晒着太阳、听着古乐、看阿妈们跳舞，时空仿佛静止在这一刻，慵慵懒懒。我忽然感觉自己似乎在这里生活了很长时间，不再像路上观光拍照的游客，左顾右盼生怕错过每一丝风景，倒像是一个当地的原住民，在悠闲散漫的时光中看尽流年。

夜晚，是丽江这个艳遇之都开始展示她魅惑诱人性感的时候了，那绚丽夺目的闪烁霓虹下是一个个猎奇或寂寞的男女，带着漫不经心的清高随性，窥探着周遭的一切。一个个打扮妖艳、造型夸张的女艺人在台上卖力地取悦着观众，一群放纵的灵魂在台下把酒言欢、声嘶力竭。震耳欲聋的音响声响彻整条大街，暧昧的酒精味弥漫在氤氲的空气中，这样的地方，终究不是我喜欢的。

将灯红酒绿抛在身后，沿着灯火通明的小巷寻找自己的小天地，唱片店内传来一首好听的歌曲。驻足细听，一个温柔磁性的女声轻轻地唱着："一颗心不大的地方有许多许多个你……"旋律歌词朗朗上口，很快就学会了，边走边哼，边哼边想，未来的某天，我将不再是一个人，我会牵着峰子的手，在东巴许愿墙边挂上我们的许愿牌，在玉龙雪山上埋下我们的名字，在泸沽湖畔刻下我们的模样，从此，相伴一生……

老谢车马是一家充满摩梭风格的两层木楞建筑

**29**

# 泸沽湖（老谢车马）
## 青年旅舍

青旅的院子是典型的摩梭人家庭院

老谢车马青旅坐落在风景如画的里格村

**推荐指数：**★★★

**地理位置：**云南省丽江市宁蒗县泸沽湖里格村中段

**旅舍特色：**位置绝佳、摩梭木楞房、湖景房

**作者体验：**四人间床位男女混住（35元）

**联系电话：**0888-5881555

**设施和服务：**免费Wi-Fi，电脑上网，电视，IP公用电话，餐厅，租车，旅游咨询，自助洗衣，烘干机，吹风机，代订机票/车票

**房型和价格：**四人间会员价45元/床，非会员价50元/床；湖景家庭房会员价278元/间，非会员价288元/间；湖景双人间会员价248元/间，非会员价258元/间

# 在泸沽湖青旅赏最美风景

在没有去泸沽湖之前，我心目中最美的湖泊是新疆的赛里木湖。去过泸沽湖之后，它便跃升为我心中的NO.1了。在整个泸沽湖景区，我最钟爱的是里格半岛的风景，蜿蜒曲折的湖岸线曼妙多姿，碧空如洗的蓝天白云与纯净蔚蓝的湖水融为一体，一只形如惊叹号的里格半岛直插湖心，将泸沽湖分割出更优美的曲线。湖中猪槽船悠悠漂着，海鸥迎着阳光在湖面低旋，四周的山峰挺拔耸立，格姆女神山巍峨雄伟，这般如画的风景，怎不叫人动心？

泸沽湖青年旅舍便坐落在这风景如画的里格村，是老谢车马在里格的分店，这里背对神山，面向湖水，足不出户便能将无敌美景尽收眼底。

泸沽湖位于云南、四川两省交界，地理位置偏远，路况也不是很好。如果你从云南方向来，无论昆明、大理、香格里拉，建议都在丽江中转，最好在古城停车场乘坐直达里格村的旅游专线巴士，全程210公里，5-7个小时，下车后走几分钟便能看见旅舍。如果在丽江客运站坐班车只能抵达大落水村，

四人间的屋子还算宽敞舒适

离里格村还有10公里路程，只能另外找车或步行，比较麻烦。

如果你从四川方向来，需要先抵达西昌，再在西昌客运站坐发往丽江的班车，班车途经里格村，直接在村边下车，走进来即可，西昌到里格全程约300公里。

老谢车马是一家典型的摩梭庭院式旅舍，两层纳西族木楞建筑，圆木垒墙，盖瓦覆顶，檐角飞翘，古朴典雅。四合院里种着花花草草，饱满的阳光洒满整个院落，让人心情开阔。前台和休闲厅合二为一，在大门的一边，不大的空间里摆着四五张厚实的木制桌椅，有电视、电脑、书刊，装修布置并无出彩之处，但一转头便能看见落地窗外波光粼粼的泸沽湖，也算是一件非常享受的事情。大门的另一边是餐厅、酒吧和超市，还算便利。

走上青旅的二楼，房间外是一条长长的阳台走廊，几张藤椅、几张小桌、几盆绿植、几缕阳光，这里是最适合发呆和聊天的地方。

我很喜欢老谢车马店的房间，虽然装修简单，但是干净整洁、设施齐全。超大的储物柜可以放下一整个登山包，不用担心放在地上被弄脏；床位舒适宽敞，下面垫着电热毯，晚上睡觉不会冷；床头有台灯，方便夜猫子驴友使用；门边有一衣帽架，可以挂一些厚重的外套；靠阳台的木楞墙上嵌着一块超大玻璃窗，早晨拉开帘子，便能晒到暖暖的阳光。

但是，青旅也有几处我不太满意的地方，一是公共澡堂的水温不太稳定，忽冷忽热；二是青旅的Wi-Fi网速非常慢，虽说信号覆盖住宿区，但房间里基本没有信号，就连休闲大厅的网速也慢得和龟速一样，让人崩溃；三是青旅规定23点后不营业，没人值班、没人开门、没人接电话，因此必须在23点前回到旅舍，这对于热爱星空美景和泡吧娱乐的驴友们来说着实有一点约束。

此外，青旅提供自行车租赁服务，但是我个人不建议环泸沽湖骑行，因为沿路基本上都是上坡，湖风很大，骑行难度比较高，体力一般、不想自虐的驴友们还是不要轻易尝试。

综合来说，泸沽湖（老谢车马）青年旅舍可以作为一个备选旅店，但不是唯一的，在里格村还有一家陌上花开青旅，驴友们也可以去体验一下。

## 泸沽湖的摩梭帅哥

**在**美丽神秘的女儿国——泸沽湖，世世代代居住着一个特别的族群——摩梭人，他们至今仍保留着由女性当家和女性成员传宗接代的母系大家庭制度。

据说传统的摩梭人奉行"男不婚、女不嫁"、暮合晨离的"走婚"习俗，成年后的男女会在白天进行集体活动时，通过唱歌、跳舞、相互抠手心等方式向自己的心上人表达爱意，如果双方都看对眼了，男生便会在入夜后偷偷潜入女生家的花楼，两人相处一夜，享受短暂的欢愉，天亮之前男生再偷偷溜

徒步泸沽湖，一个人的旅程也可以很精彩

愿你的心愿在起风的时候会发出清脆的铃声

出去回到自己家中。当地人称之为"晚上摩进去，早上梭出来"，简称"摩梭"。

曾在快乐男声担任评委的喜欢头戴大红花的杨二车娜姆便是生活在泸沽湖的摩梭人，她是当地人心中的女中豪杰，是走出女儿国的伟大女性。

随着时代的进步、经济的发展、泸沽湖旅游业的开放，越来越多的当地年轻人不再甘心一辈子生活在大山里劈柴喂马、

离深圳2017km

男耕女织，渐渐地走出了大山，融入了现代的生活方式之中。

羊吉就是这样一个我行我素的摩梭人，他是在丽江、泸沽湖跑旅游专线的司机。在准备回丽江的前一天晚上，我给他打电话，让他帮我安排一个座位，电话里他的声音听上去像个四五十岁的中年男人，因为他叫我"小姑娘"。

第二天一早，按照约定的时间我来到车子停靠的地点，给羊吉打电话，羊吉用不太标准的普通话说："我在沙县小吃吃早饭，你吃了没有？"

正好我也没吃，便往沙县小吃的方向走去，路上一个身形修长、皮肤黝黑、戴着墨镜的年轻男子冲我打招呼，"你就是杨柳？"

我惊讶地点头，刚想开口问他怎么知道我名字，他先开口了，"我就是羊吉。"

我一脸吃惊的表情，心想，不应该是个秃顶、矮个、满脸胡茬的中年老男人么？怎么这么年轻？

吃完早餐回到车里，趁着羊吉在查票的时候，我偷偷地瞄了他两眼，这家伙虽然皮肤有点黑，头发有点乱，穿着有点邋遢，但是五官长得倒是很标致，修长的脸型、立体的轮廓、高挺的鼻梁、炯炯有神的双眼，乍一看，有点像"加油，好男儿"里的蒲巴甲。嗯，是个帅哥！

我一脸的花痴样好像被他发现了，冲我挑了挑眉毛，吐了个舌头。

路上经过一个加油站，下车前，羊吉忽然转身递给我一瓶牛奶，说："喏，给你喝的。"

我有点不知所措，不知该接不该接。我是个特别讨厌喝牛奶的人，可是人家好心给你，你总不能拒绝吧？于是我接过牛奶，客气地说了声谢谢。

回到车上时，羊吉正在玩手机，他叫住我，说："下午回丽江我请你去吃饭喝酒好不好？"

这下我更不知所措了，虽然旅行的路上遇到过不少好心人请我吃饭，但是这么主动的帅哥却是第一次。我回了他两个字："呵呵。"

车子继续前行，来到一个休息站，羊吉说在这里稍作休息，吃点东西，路上就不停了，直接开到丽江。大伙纷纷下去添水、方便、找食物，我一个人站在一旁看风景。

羊吉坐在一旁的凳子上吃烤土豆和凉皮，招呼我过来坐，问我吃不吃，他请。我说谢谢，不吃。

羊吉边吃边问我："你有没有20岁？"

"20？！我都快25岁啦！"虽然有点夸张，但是有人夸我年轻，心里还是乐开了花。

"你长得很漂亮，是我喜欢的那种女生"，他的嘴怎么跟抹了蜜似的？

我问："你是摩梭人么？"

"嗯，就是的。"

"你们摩梭人都喜欢胖胖的女生么？"

"啊，不是的，你不胖，刚刚好。我喜欢！"

我笑而不语。

湖边的情人树

飞鸟掠过天空，迎着朝阳起舞

　　"晚上，我们去丽江吃饭喝酒，我带你去走婚，好不好？"羊吉的一句话差点没把我呛死。

　　我决定不理他了，走回车里，闭目养神。

　　五个小时后，车子停在丽江古城外，我下车取背包，羊吉走到我身边，说："考虑好了吗？晚上我给你电话，来接你。"

　　我白了他一眼，边走边说："不去不去，坚决不去。"

　　在我看来，这种旅途中的艳遇是最不靠谱的了，两个孤独寂寞的人在一个陌生的地方，在酒精的麻醉下寻找一时的欢愉，之后分道扬镳，彼此相忘于江湖，甚至连姓甚名谁都不知道。这样的寻欢作乐是我无论如何都接受不了的。

　　我认为人生最美好的相遇，就是在对的时间，对的地点，遇见一个对的人，彼此相爱，快乐相伴，厮守一生……

青旅的院子里种满了植物

30

# 香格里拉
## 国际青年旅舍

青旅大厅门前蓝白图案的藏式门帘

**推荐指数：** ★★★★

**地理位置：** 云南省迪庆藏族自治州香格里拉县城建塘东路北侧

**旅舍特色：** 花丛凉亭、藏式民居、狼狗

**作者体验：** 八人间床位男女混住（30元）

**联系电话：** 0887-8226948

**设施和服务：** 餐厅，免费Wi-Fi，书吧，电视，旅游咨询，自助洗
衣，代订机票/车票，24小时热水，包车服务，行
李寄存

**房型和价格：** 八人间会员价30元/床，非会员价35元/床；四人间
会员价35元/床，非会员价40元/床；普通标准间会
员价110元/间，非会员价120元/间；高配标准间
会员价150元/间，非会员价160元/间

传统的藏式风格大厅，温馨又舒适

# 香格里拉的家

**在**去香格里拉之前，我一直在为住青稞青旅还是香格里拉青旅而纠结。

青稞青旅在独克宗古城景区里，很热闹，出门便是古色古香的街道，而香格里拉青旅离客运站很近，只有1.5公里，方便出行。我想，反正我只是在这里落脚，休息一晚就往西藏走，还是住客运站附近会方便一点，而且房价还便宜一些。

香格里拉青旅位于县城建塘路北侧的一个巷子里，不太好找，你可以从客运站打辆的士，起步价即到，或者从机场打车，20-30元即可。如果有需要，也可以提前跟青旅的前台预订，他们会提供接机服务。

推开门，是一个大大的花园式四合院，建筑是红黄相间的藏式风格。院子里栽花种草，植树造亭，想必这里的春夏定是一番繁花似锦的美好景象。木制的凉亭里，一只大黑狼狗扑棱着耳朵，时刻注意着周围的动静，守护着这里的安全。

藏式风格的青旅我住过不少，香格里拉青旅算是比较有特色的一家，尤其是大厅的装修摆设，让我眼前一亮。

掀开蓝白图案的藏式门帘，扑面而来的是漆黑的藏式火炉里散发的阵阵暖意，大厅非常宽敞，木制的地板和屋顶将空间衬托的古朴大气，面向窗外的一边摆放着一台超大屏的液晶电视，对面围着火炉有三排两列宽大的木沙发，精美繁复的藏式垫毯让色彩看上去更加饱满，

墙上、架子上摆设着琳琅满目的装饰品，哈达、牦牛头骨、挂画、海报、照片、书刊、吉他、CD、酒瓶……空间被占用得满满当当，略显杂乱，但是将藏式风格和现代文化融为一体，让人觉得既有个性又温馨。

三月的香格里拉，漫天飞雪，气温很低，大厅是最舒服的地方，围坐在火炉边烤火、看电视、读书、上网、聊天、发呆，看着窗外白茫茫的世界，打发慵懒的时光。若是饿了，青旅有藏餐厅，糌粑、青稞酒、酥油茶、炒菜、炒饭、咖啡、美酒应有尽有。只是，对于像我一样不习惯吃藏餐的朋友们来说，有点难以下咽。

香格里拉青旅的住宿条件还过得去，多人间里有传统的木制高低床、存放贵重物品的储物柜和一张宽大的桌子。公共厕所比较简陋，不是密闭的空间。公共浴室是男女分开的，门口周到地准备了许多双公用拖鞋，相比其他偏远地区，这里的热水还是有保障的。

最后，不得不说，青旅里的工作人员服务态度非常好，无论是藏族的前台小妹还是餐厅师傅都会很热情很贴心地为你提供力所能及的帮助，这一点让我非常感动。

因此，香格里拉青旅，我给四星！

暖暖的藏式火炉

# 重回自由的香格里拉

**时**隔两年，我又一次来到这个美丽而神秘的地方。

回想两年前，我鼓足勇气开始人生第一次长途旅行，原本设想第一站去云南，便在网上团购了一份大理、丽江、香格里拉五天四夜的跟团游，一来价格低廉，不到500元的团费中包含景点、交通和食宿，二来因为第一次独自长途旅行，有些害怕，想尝试从跟团游开始，逐步转变为自助游。

可是后来，我还是经不住青海和西藏的诱惑，将云南之行搁置到了一个月之后。

跟团的那几天，我几乎生不如死。每天清晨五六点天还没亮就被导游叫醒，赶路的时间远比逛景点的时间要长，团餐里一片肉花都看不见，清一色的青菜、萝卜、咸菜，最可恶的是强制消费，不购物导游会把你骂得狗血淋头，其他的隐性消费更是防不胜防，不是车费不含，就是船票自理，各种名头的收

青黄草地，一条小径蜿蜒伸向前方

碧塔海的葱葱草地

费项目让人又气又无奈。

我记得那时去香格里拉的普达措国家森林公园游玩，导游规定两个半小时之内必须出来，否则，车不等人。

可是，有些美景是需要让脚步停下，让时间放慢去细细品味的。就像普达措，仿佛一个现实中的童话世界，美得不可思议。那雾气缭绕、恍若仙境的属都湖，那牛马漫步的弥里塘草原，那倒映着蓝天白云的碧塔海，那雄伟壮丽的皑皑雪山，那风姿绰约的茫茫森林，那绿草红花的湿地湖泊……这里的每一处风景，都值得停留。

我想，倘若不是跟团，我便有足够的时间躺在草地上，沐浴在雪域高原的阳光中小憩片刻；倘若不是跟团，我便可以

轻舟驶过后湖面波光荡漾，美极了

一个人静静地坐在湖边的栈道上，望着天堂般的美景发呆、做梦；倘若不是跟团，我便可以随心所欲地一路走走停停，而不用像上了发条一样，时刻注意时间……

于是，从那以后，我便发誓，这一辈子只要还能走得动，就坚决不跟团。那种被约束和管控的滋味，太煎熬了。

就这样，我成了一名彻彻底底的自助背包客。

佩给我看过一条微博，说："世界上两种无法真正享受到旅途中快乐的人：一是跟团的人；二是把攻略都查好，然后一丝不苟照做的人。这两种人，他们只是活在别人的生命经验里，就算去到天边也枉然。"

我跟她说，很庆幸这两种人我都不是。

跟团的种种痛苦我已经体会过了，而对于完全按照攻略走，我的体会是，计划和攻略是需要的，但不用太周详，完全按照既定路线去行走，会少了许多沿途的意外之喜和随性之感。

想走就走，想停就停，这样的时间才是专属于自己的，而那种自由自在的感觉才是旅行最大的魅力。即使身体再累，心却是富足的。

两年后，我再一次走进香格里拉，这一次，我是自由的。

出发前，我从雅丹那借来詹姆斯·希尔顿的《消失的地平线》，这本号称将香格里拉这个世外桃源推向国际社会的奇书讲述的是四个蓝眼睛高鼻子的西方人误入神秘的中国藏区，经历的一系列匪夷所思的历险事件。

巨大的转经筒需要集众人之力才能缓缓转动

在这本书中作者向世人展示了一片与世隔绝、纯净绝美的梦幻世界，同时又给世人带来了一场关于现实和梦境的思考。

我一直想不明白小说结尾的未解之谜，为什么男主人公康维最终会被同伴马里逊说服，和他一起脱离那个梦一样的香格里拉，回到现实世界？

带着这个疑问，我重回香格里拉，游走在独克宗古城的石板路上，天空清澈瓦蓝，阳光明亮耀眼，朵朵白云近在咫尺。人字形屋脊的藏式楼阁艳丽精美，临街的藏饰品店内琳琅满目，图案华丽的如来白塔满载信仰，五彩的经幡在风中飞扬，转经筒在吱呀起舞，山上的喇嘛庙里传来阵阵梵音，巨型的吉祥胜幢在天地之间转动，善良淳朴的藏族阿妈在虔诚朝拜，巍峨神圣的雪山保佑着香格里拉的平安……

看着这些似曾相识的画面，我的心在一点点地舒展、平静、沉淀，如同闯入一片"世外桃源"，纯净，不被打扰。

或许，香格里拉早已不只是一个地名、一处风景那么简单，它代表的更大层面上的意义是人内心深处那片不被外界污染的净土，一种灵魂的超凡脱俗。

一直以来，我都将旅行视为追逐真我、放飞灵魂的壮举，因为唯有在旅途中，我的心才是平静的，思想才是超脱的，这是我一直追寻的梦想。

可是我却始终在逃避一个事实：我们生活在这个庞大复杂的社会系统中，我们有家人、有朋友、有爱人、有需要我们照顾和保护的人，我们需要粮食去维持肉体的存活，需要金钱去支付每月的房租，需要劳动去创造更美好的生活，需要物质去帮助更多需要帮助的人。

在这个世界上，我，不仅仅只是我。

我曾经梦想过找一片无人的山林荒野，盖一栋遮风挡雨的茅草屋，养一群鸡鸭和可爱的小狗，一个人，一辈子生活在那里，自由自在，不问世事，不听风雨。

可如今我发现，那只是我凭空虚构出来的美好幻象，在这个世界上，谁都无法脱离社会而独立存在；在这个世界上，还有比自由更重要的东西，比

云遮雾罩的弥里塘草甸，马儿正悠闲地吃着草

如亲情、友情、爱情。

站在山顶俯瞰整个香格里拉的景色，我突然很想念峰子、想念爸妈，如果他们在身边，该有多好。

我似乎有些明白康维最终为什么会离开了，因为他有对罗珍的牵挂、对马里逊的责任、对亲人的不舍，他无法像大喇嘛那样做到心无旁骛，心甘情愿地留在与世隔绝的精神家园。

我懂了。

其实，每个人都有属于自己的"香格里拉"，我们孜孜不倦地通过行走去找寻那片"心中的日月"，却不曾想，或许"香格里拉"就在我们的心里，一个灵魂深处不被打扰的理想家园和美好乐土。

即使地平线消失了，即使这个世界不再令人着迷，只要我们从容不迫地生活，勇敢去爱，执着追求，坚守内心的信念和准则，无论我们走到哪里，哪里便是香格里拉……

大厅里总有三三两两的藏民和驴友在切磋球技

# 飞来寺觉色滇乡国际青年旅舍

31

每天叫醒你的不是闹钟，是阳光

飞来寺青旅富丽堂皇、藏族风情浓郁的公共休闲区

**推荐指数：**★★★★

**地理位置：**云南省迪庆藏族自治州德钦县飞来寺梅里雪山景区观景台

**旅舍特色：**藏族风情、梅里雪山观景点、娱乐设施齐全

**作者体验：**女生六人间床位（30元）

**联系电话：**0887-8416133

**设施和服务：**免费Wi-Fi，书吧，电视DVD，上网，桌球，旅游咨询，餐厅，藏式暖炉客厅，24小时热水，包车服务，行李寄存，洗衣/烘干，超大停车场，自行车棚

**房型和价格：**十人间会员价30元/床，非会员价35元/床；六/八人间会员价35元/床，非会员价40元/床；藏式三人榻榻米房会员价140元/间，非会员价150元/间；藏式大床房会员价110元/间，非会员价120元/间

# 觉色滇乡，仰望梅里雪山

**梅**里雪山，是很多人心中的一个梦想。因为它神秘、神圣、迷人、变幻莫测，在一年中的大部分时间，梅里雪山始终云遮雾罩，不现真身，若是上天眷顾，能亲眼看见梅里的日照金山，在许多人看来便一生无憾了。

赏梅里雪山最佳的位置在飞来寺。原本飞来寺只是一个名不见经传的小寺庙，可正因为世人对梅里雪山的趋之若鹜，政府在正对雪山的位置修建了一座观景台，取名"梅里雪山飞来寺观景台"，从今而后，人们提到飞来寺便会想到梅里雪山，对寺庙本身的了解反而更少了。

飞来寺小镇距离德钦县城8公里，从德钦拼车过来只需10元钱。别看它小，却是滇藏线（214国道）必经的重要节点，无论进藏或出藏，大多数人都会选择在这里逗留休整两天。因此，这里的旅游业和相关配套服务也越来越成熟。

小镇一条马路贯穿，围绕飞来寺景观台的道路两边全是旅馆、饭店。觉色滇乡国际青年旅舍就位于观景台附近，路边设了一个很大的招牌，顺着所指的方向沿一条斜斜的上坡路走两分钟便能看到青旅偌大的院子了。

院子里有超大的停车场，自驾游的车辆可以免费停放，骑行滇藏线的勇士们也可以停放单车，甚至可以为露营爱好者提供搭建帐篷的场地，这绝对是其他旅店不可比拟的优势。

觉色滇乡依旧是一家具有浓郁藏族特色的青旅，由两栋土木结构的藏式楼房组成。

走进大厅，你会立刻被古朴大气的装修和明艳亮丽的色彩所吸引，雕刻精致繁复的窗棂，精美绝伦的藏式彩绘，珍贵别致的牦牛头骨，处处体现着藏民族的文化及内涵。移步客厅，仿佛走进一户富丽堂皇的藏族人家,吊顶绘着精美的民族图腾,特色的藏式暖炉散发着热气,将屋子烤得暖烘烘的,四四方方的空间里围着长长的木制桌椅,五彩斑斓的藏式垫毯舒适柔软。

虽然旅舍的装修呈现一股复古风潮,但它的休闲娱乐设施还是非常时尚流行的:大厅里有桌球台,每时每刻都有藏民和驴友在开战,客厅里有电视机、DVD、游戏机、免费上网设施、图书,晚上青旅会放一些经典电影供大家欣赏,或者一群驴友玩杀人游戏,氛围很融洽,娱乐生活很丰富。

旅舍二楼是住宿区,木楼梯、地板、门窗、床铺让人有种穿越回古代生活的错觉。

夜晚的飞来寺气温很低,好在旅舍提供电热毯,不至于被冻醒。唯一的不足是公共厕所和浴室都在一楼,上上下下有些麻烦,而且因为地处偏僻,经常出现停电停水、热水不足的情况。当然这也是不可控的外在因素,可以理解。

停电的夜晚,我们就坐在二楼的观景台,一边看着夜色下朦胧的梅里雪山,一边听老板给我们讲着他与梅里雪山的精彩故事。

清晨,如果你不想花高昂的门票去飞来寺观景台看日照金山,可以沿着青旅门外的一条小路往右走,爬上一座小山坡,就能看见与观景台一般无二的迷人景致了。若是天气晴朗,夜晚还可以来这里拍摄浩渺的星空,让极致美景震撼你的心灵。

如果你打算去雨崩徒步,青旅可以提供行李寄存和租赁登山杖等服务,当然,这些服务是收费的,但是价格比较公道。

如果你来到飞来寺,就去觉色滇乡小住几日,感受一下与雪山共处的静美与安和吧!

# 身在地狱，心在天堂

> **"** 快看！日照金山！"

朦朦胧胧之间，听到一声惊叫，唤醒了沉睡中的我。

小曦推开窗户，我往远处看，洁白的神女峰峰尖上有一束阳光正在缓缓下移。"哇！"我惊呆了，迅速翻下床，套上冲锋衣、拿起相机就往门外跑，阳台上已经站了好些人，大家都拿着相机狂闪不止。

还好，赶到很及时，金色的霞光正穿越阻碍，开始给神女峰镀上了第一层金边，远远看去，金色只有指甲盖大小。随着

传说看到日照金山的人一整年都会有好运气

太阳慢慢升起，金色的范围越来越大，越来越亮，雪山上出现了光射的阴影，影影绰绰。不一会儿，旁边巍峨的将军峰也被染成了金色。

此时此刻，身体的酸痛已经无足轻重了，取而代之的是我心中深深的震撼。

即便身在地狱，只要心在天堂，就已足够。

听说，梅里每年能看到日照的时间不超过三分之一，即便生活在雪山下的当地人也见不到几次。甚至还有背包客在梅里住了大半个月，依然不得见太子峰真身，遗憾而归。所以，能亲眼看到梅里的日照金山也是一种缘分和运气，我庆幸自己是一个幸运的人。

下一站是雨崩。在决定进雨崩之前，我做了一番艰难的思想斗争。徒步雨崩是我期待了一年的心愿，虽然在体力上不见得能撑到最后，但是在心理上我已经做好了吃尽苦头、身体透支的准备。可惜天意弄人，在进雨崩的两天前，身体突然出了点小状况，真不是时候！

难道我好不容易从深圳到了云南，一路走滇藏线到丽江、香格里拉、飞来寺，眼看着梦想中的雨崩离我越来越近，我却无法走进它？如果这次不去，又要等到何时才有时间和决心呢？

可是，特殊时期高强度、超负荷的运动量势必会给身体造成不小的负担，体力也会吃不消，万一到时候在人烟稀少的村子里病倒了，怎么办？

峰子劝我不要去，身体要紧，以后有机会他陪我一起徒步。可是我心里还是不甘心就这么错过了，或许冥冥之中是雨崩的神山圣湖在召唤我，我毅然决定按原计划执行。

晚上，我跟老蔡在飞来寺青旅约伴拼车同去，大家又在

全副武装、蓄势待发的八个"汉子"

为是从西当买门票进，还是从尼农逃票进而伤脑筋。因为现在雨崩的门票与飞来寺观景台的门票实行了联票绑定，235元，对于穷游一族来说这笔费用实在太贵，但是从西当徒步到上雨崩路会相对好走一些。而尼农虽说可以逃票，但是几率不大，被抓住了同样需要补80元的费用，而且路非常难走，全程上坡，对于第一天的行程来说太过艰苦。

最后，少数服从多数，大家决定还是老老实实买票吧。

徒步雨崩，行李能少带就少带，准备两套换洗的衣裤、洗漱用品、常用药品、水和干粮即可。即使再如何精简，我还是有十斤左右的负重，老蔡更绝，挎着一个腰包和相机就完事了，连牙刷毛巾都省了。

三月的天气依旧寒冷刺骨，天空连绵的乌云使我们无缘得见太子十三峰的日照金山奇观，只好带着遗憾开始了艰苦的雨崩之行。

我们一行八人，除了我和老蔡，还有学体育的山东大个

这些弯弯曲曲的泡面柱子都是满满的回忆和故事

子、娇小柔弱的深圳女白领小曦、户外高手飞哥和阿彪、美丽的姐妹花悠悠和奇奇。大家一开始都兴奋不已，看着远处圣洁的雪山狂拍照，走了不到两个小时大部分人已经累得不行了。尤其是大个子，因为体育生的关系，他的身体对氧气的需求量比我们普通人更大，而雨崩的海拔最低也有2600米，越往上爬空气越稀薄，大个子只好走一段停下来歇一歇，大伙儿怕他有事，也不敢走太远。

我们路上遇到一拨又一拨从雨崩下西当回城里的驴友，彼此加油打气，询问前方的路还有多远，好不好走。每每得到的答案都是"哎，还远着呢，慢慢走吧"，不免有些丧气。途中碰见一个七八岁的小家伙让我们敬佩不已，他跟着爸爸妈妈全程用自己的双脚完成了徒步雨崩的重任。连这么小的孩子都能做到，我们大人又有什么不可以的呢？

四个小时之后，我们颤颤巍巍地走到了赫赫有名的"泡面屋"，一座用几万个废弃的泡面盒子垒砌而成的小木屋，歪七

健壮如牛的泡面王子，在冰天雪地里依然光着膀子

扭八地叠成一人高的纸柱子，相当壮观。大伙儿累得像狗一样喘着粗气，瘫坐在木凳上，忽然一股香辣牛肉面的香气飘来，令众人神魂颠倒，赶紧来上一碗果腹解馋。在物资匮乏、偏僻荒凉的地方，一碗热腾腾的泡面足以让人感受到巨大的温暖和满足。

为了在此留下回忆，我们把吃完的泡面盒子用炭笔写上姓名、时间，覆盖在原有的盒子上，这里的每一个盒子都代表着一个人，一段故事，一道风景。

泡面屋的老板是一个二十来岁的藏族小伙，叫扎西，在不到10度的雪域山林里，他只穿着一件单薄的背心和一条牛仔裤，我问他，"你不冷么？"他说："好热，我们是吃牦牛肉长大的，不怕冷。"吃纯天然绿色食品长大的他们和吃地沟油、注水肉、毒牛奶长大的我们身体素质就是不一样啊！

扎西很可爱，跟我们说他有个微博，叫"泡面王子"，让我们关注他。我很惊诧，这穷乡僻壤的雨崩村里连手机信号都接收不到，他居然还会玩微博。

大伙逗他，问他找没找老婆，扎西一脸无奈地说："找不到老婆，天天都是卖泡面，没有钱找老婆。"大伙都笑，反问他："你一盒泡面卖十块钱，每天能卖几百盒泡面，怎么会

从西当徒步上雨崩，雄伟巍峨的雪山像油画般出现在眼前

没钱？"扎西说："没有的，我们每天都要从山下挑温泉水上山，东西都是雇骡子背进来，很贵的。只有到旺季，生意才会好一点。"其实，他们的生活也不容易。

告别扎西，我们继续前行，山上的风越来越大，似乎要将人吞噬，脚下的积雪渐渐融化成冰水，道路泥泞不堪，崎岖陡峭，一个不小心便会滑倒摔跤。到达海拔3750米的南宗垭口时，两边密密麻麻缠绕的五彩经幡在风中噗噗作响，从观景台上可以看见巍峨壮丽的五冠峰和神女峰，那样挺拔，那样神圣，像一幅油画般隽永亘古。

海拔3750米的南宗垭口挂满了经幡

下山的路比上山要快多了，一想到很快就到上雨崩了，我兴奋地三步并作两步一路小跑，五个小时连续的攀爬运动导致下山时腿脚抽搐哆嗦，脚踝骨咯咯作响，加上路上碎石太多，我不小心一个跟跄，把脚给崴了，疼得我嗷嗷直叫，得意忘形、乐极生悲估计就是指我这样的。好在问题不大，有些红肿，只好老老实实，一步一步地走。

在经历七个小时漫长而艰苦的行程后，雨崩村终于出现在了眼前，青山环抱，田野苍茫，冰川垂挂，星罗棋布在田间的小小屋舍显得如此宁静、安详，让人有种误入桃花源的感觉。

在梅朵青旅住下，脑袋晕晕乎乎，有些轻微的高反症状，脚上磨起了三个大水泡，一碰就疼，相比之下，生理期的身体不适反倒不那么难受了。

夜晚的雨崩村无声无息，连星星都吝啬地藏进云里，唯有窗外神圣庄严的神女峰和将军峰在夜幕下平缓地呼吸着，静静地注视着山脚下的一切，庇佑着崇敬他们的众生。

我很想念峰子，远在千里之外的他，也在想我吗？

梅朵青旅坐落在与世隔绝的上雨崩村

# 32

# 雨崩**梅朵**国际青年旅舍

梅朵青旅门前的石头招牌很有特色

**推荐指数：** ★★

**地理位置：** 云南省迪庆藏族自治州德钦县云岭乡雨崩上村

**旅舍特色：** 与世隔绝、躺在床上看雪山

**作者体验：** 普通二人间（25元）

**联系电话：** 13543290237

**设施和服务：** 露天餐厅，徒步咨询，联系向导包车服务

**房型和价格：** 多人间会员价25元/床，非会员价30元/床；观景三人房会员价100元/间，非会员价110元/间；观景双人间会员价80元/间，非会员价90元/间

雨崩梅朵青旅非常简陋的外观

# 条件艰苦的世外桃源

**很**多人去过香格里拉，看过梅里雪山，却很少有人到过深藏在雪山腹地的世外桃源——雨崩。

雨崩是梅里雪山神女峰脚下的一个藏族村落，只有几十户人家，人烟稀少，目前还没有通公路，进出只有一条驿道，必须徒步或骑马翻山越岭才能抵达。虽然条件艰苦，但是行走在如诗如画的雨崩村会让人有种身处桃源之感。这里的雪山、森林、溪流、瀑布都是神圣而神秘的，雨崩因此被誉为徒步者的天堂，香格里拉的缩影。

雨崩有上、下村之分，上村可以通往攀登卡瓦格博的中日联合登山大本营，而下村通往神瀑，沿途可以看到古篆天书、五树同根的奇景。

梅朵国际青年旅舍就位于上雨崩村，是雨崩目前唯一的一家YHA青旅。

要想顺利到达，你可能需要耗费很大体力。首先，得一大早从德钦或飞来寺包车至西当温泉，一个小时左右车程，下车后沿着原始森林大道徒步或骑马5-7个小时，途中会翻过一

雨崩村里物资紧缺，梅朵15元一碗的西红柿鸡蛋面已经是很奢侈的美味了

座海拔3700米的垭口，再一路往下便能走到上雨崩村。进入村子后沿着大路走20米，就能看见一栋白墙红窗的藏式楼房外雕刻着的"上有天堂，下有雨崩"和"梅朵客栈"的大石头，就是这里了。

青旅的位置非常好，正对着雄伟圣洁的神女峰和将军峰，餐厅、阳台、房间和院子里都能拍摄到日照金山的壮丽美景，也能看见整个上下雨崩的自然全貌，是村里绝佳的观景位置。我当时入住的是普通二人间，推开窗便能直接躺在床上仰望雪山，清晨看神女峰一点点被太阳染红，夜幕下与静悄悄的神女峰同眠，内心平静而恬淡。

然而，由于长期与外界隔离，交通运输不便，整个雨崩村的住宿条件都非常艰苦，很多设施都不完善，别说青旅最基本的配置无线网络和公共电视了，就连手机信号也只有移动才有，联通、电信号码暂时无法使用。房间里也没有暖气或电热毯，天气寒冷的晚上只能加一床毛毯御寒。厕所和浴室是在户外搭建的简陋房子，卫生状况比较差，热水更是稀缺得很，在雨崩待了三天，我没有洗过一个热水澡，而与我同行的驴友老蔡三天没有刷牙洗脸。

此外，在雨崩村，吃饭是一件令人头疼的事情。因为物资匮乏，这里的餐饮价格偏贵，可选择的余地也很小。

梅朵青旅有一个棚子搭建的露天餐厅，非常简陋，歪歪斜斜摆着几张木桌椅和一个藏式火炉，炉上放着一口黑漆漆的大铁锅，驴友们每天吃的饭菜都是从这里出炉的。

为了节省旅费，我每天除了吃15-20元的西红柿鸡蛋面、蛋炒饭，就是油炸的青稞饼和稀饭，味道非常一般，只能填饱肚子。但是相比炒菜而言，这些已经算价格便宜的了。所以在此也提醒驴友们，如果准备徒步雨崩，最好事先备足火腿、肉类、罐头、咸菜等干粮。

总体而言，梅朵青旅的住宿条件由于受外界环境的限制，还是无法做到尽如人意，但也正因为雨崩的与世隔绝，才让我们能够真切地看到最原始最天然的风景。所以，要想走近雨崩，就必须做好吃苦的准备。

# 雨崩探险

那天，我、老蔡、菲菲、大个子一行四人从上雨崩出发，前往笑农大本营和冰湖，海拔从3100米到4100米，往返24公里，任务相当艰巨！而飞哥、悠悠他们则因为高反严重提早离开了雨崩。

山脚下有一座巨大的白塔，四周经幡鼓动，守护着苍茫雪山下坚定的信仰。途经一片空旷的荒野，如入中古世纪苍凉贫瘠的荒原，处处老树枯藤、盘根错节，像极了科幻大片里的场景。

再往上走，便是一大片原始森林，那一棵棵参天古树遮蔽了日光，凝固了冰霜。山路比第一天难走多了，全程上坡，土松雪滑，坡度陡得像在攀岩，幸好有登山杖做支撑，才不至于摔倒。实践证明，在户外运动中携带登山杖是多么必要的选择，不仅可以帮你省去不少力气，关键时刻，还能救你一命。

从雨崩到尼农一路溪水潺潺，绿树浓荫，风景很美

大家抓紧时间在途中的驿站稍事休息

　　越往上爬，积雪就越多、越厚，途中有一段几百米的下山路，非常惊险。路面全部被积雪和残冰覆盖，又滑又陡，被人踩出来的脚印寥寥无几，中间有一处急转弯，下面是十米多高的崖壁，一旦脚下打滑，失足滚落下去，不死也残废了。

　　同行的几支队伍中胆小的女生吓得几乎不敢动，嗷嗷乱叫，男生们也很害怕，慢慢走在前面探路。

　　我胆子大，试着用手杖先将冰敲出一个小洞，固定住，再蹲下身子，小心翼翼地挪着，虽然我穿的登山鞋可以防滑，但在这样的路上还是不起作用，每走一步脚下就控制不住地往下溜。看来用脚走是行不通了，我索性一屁股坐在冰上，冰冷刺骨的寒意蹭蹭地往我身上钻，一想到我还在倒霉的生理期，心里忽然一阵寒战。

　　别说，这样连滚带爬的方式确实有效，速度快还安全，跟小时候坐溜溜板一样，我竟觉得很有趣，笑哈哈地跟后面的女生传授经验。等我顺利下到平缓的雪地上，只听见开阔的雪域

上雨崩到笑农大本营最危险的路段，残冰剩雪极容易发生事故

森林里不时传来一阵阵杀猪似的惨叫回声，相当惊悚！

徒步四个小时之后，海拔3700米的笑农大本营终于出现在我们面前，仰望近在咫尺的将军峰，那么雄伟壮阔、那般傲视群雄、那样神圣可畏，我的心里除了震撼还是震撼。

1991年为了攀登卡瓦格博峰中日联合登山队在此修建了驻地大本营，可一场巨大的雪崩让这里的原始森林被气浪摧毁，只剩下断茬的树桩，也将全部17名中日登山运动员长埋于此，与雪山为伴。

虽然事故已经过去了二十多年，现在国家也明令禁止攀登梅里雪山，但血的教训仍在提醒着世人：在无常的大自然面前，我们不得不承认自己的渺小和脆弱，只有学会尊重自然，尊重民族信仰，永存敬畏之心，才能获得自然与上天的尊重，和谐共处。

很多人在到达笑农大本营之后就往回返了，而我们还是选择继续前行，挑战海拔4100米的冰湖。路十分难行，荆棘密布，杂草丛生，短短两公里的上山路我们花了一个小时才到。

攀上最后的陡坡，气喘吁吁地站在一块巨大的岩石上，山下一汪小小的海子像一块琥珀一样嵌在群山之间。时值冬末初春，山上的积雪还未消融，湖面上结着一层冰，原本绿色的湖水被掩藏了起来。

说实话，冰湖虽然神奇，却并没有想象中那么惊艳，只是有一种对大自然鬼斧神工魔力的敬佩和崇拜之情。我站在冰湖之巅，思念远方的峰子，用杆子在雪地上写下了我们的名字，让这圣洁的雪山见证我们的爱情，让它永远守护着我们，一辈子，不离不弃！

海拔4100米的冰湖，冰封未解，看不出原来的样子

山上风大，随时都有雪崩的危险。我们不敢久留，拍完照便原路返回了。

那天，我们往返全程共花费了9个小时，严重的体力透支和肌肉韧带损伤直接导致第三天我起不了床，原计划徒步去神瀑再从尼农出雨崩的计划也被迫取消了。老蔡和菲菲一大早就出发去神瀑了，大个子也跟着一支队伍出尼农了。而我，休息到体力恢复，才晃晃悠悠、一瘸一拐地准备离开。幸好在青旅的餐厅遇到郭哥他们也要走尼农线，一行七人浩浩荡荡地出发了。

当天天气很糟糕，一直下雨，风萧瑟、雨缠绵，梅里雪山和下雨崩村被雾气笼罩，恍若人间仙境。

风雨中的景致虽美，却给我们增加了行进的难度，虽然一路基本上是下坡，但山路崎岖陡峭，碎石遍布，松土难踏，一不小心就会摔跤。脚底板磨出了几个大水泡，走起路来疼痛不已。

看我走得艰难，仗义的郭哥主动提出帮我背包，减轻了我巨大的负担，否则我不摔死，也要累死在这山里了。

沿着山谷里的清泉往外走，风景倒是不错，绿树荫荫花娇艳，溪水潺潺牛马肥，有一种世外桃源的宁静。

越往前走路越凶险，快走出尼农村的地方有几公里路是在山体上开凿出来的一条不到一米宽的土路，左手边是望不到顶的悬崖，右手边是看不到底的深谷，深谷里是怒吼咆哮的澜沧江。

走在上面双眼完全不敢斜视，两腿发软，强撑着登山杖，心里念着阿弥陀佛！快点走完！快点走完！悬崖上偶尔落下几块碎石，狠狠砸在我面前几米处，然后弹起、下落、坠入万丈深渊，毫无声响，我吓得一刻都不敢多留，加快脚步往前赶。

早前便听说尼农线十分恐怖，坠崖事故屡屡发生，却不曾想果真如此可怕，传言一点不假。

那时我的脑海里就在想，要是今天我果真摔死在这里，我一定会死不瞑目！

逃出那条天险路，走过一段长长的铁锁木板桥，我们终于安全抵达了尼农村的停车场。掐表一看，7个小时，25公里，我们终于活着走出了雨崩，每个人都像卸下了千斤重担一般长叹一口气，不容易啊！

老蔡和菲菲也在我后面两个小时出来了，我们仨又在飞来寺聚首了。

尼农线最惊险的悬崖行走，旁边就是咆哮的澜沧江深谷

这三天，每天都在经历身体和心灵的严酷考验，每天都在险象环生的处境中苦苦挣扎，每次都咬牙坚持了下来。我再一次体会到了自身潜能的无限和信念的力量。

我在为自己成功挑战并突破自我的过程感到骄傲的同时，也不忘跟朋友们调侃和自嘲一番，写下了一首打油诗《雨崩行记》来纪念这次生死雨崩行：

雪山巍巍云中游，清泉汩汩脚边流。

万丈悬崖何所惧，姑娘汉子一起抖。

此行雨崩三天有，花钱找虐吃苦头。

人人都夸姐生猛，姐笑自己像死狗！

重新设计过的青旅招牌

# 林芝渡口
## 青年旅舍

33

渡口青旅一角，玲珑的吊灯

院子里迎风飞扬的五彩经幡

**推荐指数：** ★★★★
**地理位置：** 西藏自治区林芝地区八一镇八一大街人民保险公司对面
**旅舍特色：** 庭院花园、悠闲秋千、观景天台
**作者体验：** 女生多人间床位（30元）
**联系电话：** 0894-5831567
**设施和服务：** 酒吧，庭院，自助洗衣房，电视房，网吧，书吧、Wi-Fi
**房型和价格：** 藏式六人间会员价40元/床，非会员价45元/床；普通多人间会员价25元/床，非会员价30元/床；夫妻间会员价120元/间，非会员价130元/间；藏式三人间会员价170元/间，非会员价190元/间

# 渡口，川藏线上的温暖栖息地

渡口，这个名字源自于席慕蓉的一首同名诗，青旅的老板娘很喜欢，拿它做了自己客栈的名字。她说她希望走在路上的人们能在"渡口"找到温暖的栖息地，在旅行的路上记得曾经有这样一个地方，让你怡然自得地生活过。

我喜欢渡口的这段介绍："每个房间里都是定做的木头床，放了粗布印花的靠垫，上面有爱尔兰姑娘欢快的舞蹈，纯白的被单上有淡淡的太阳的味道，桌子上放上一盏纸糊的台灯，晚上可以靠在床边通宵阅读"，让人心里暖暖的。

渡口青旅位于林芝八一镇的镇中心，地理位置比较优越，周边有很多小吃店，非常热闹。渡口的招牌很古典，汉藏双语，白色的绸缎在风中飘荡。

一进门，就是一个大大的庭院，院子里有一架秋千，一对情侣坐在上面相互依偎仰望星空。草坪里摆着几个废弃的旧轮胎和木桩子，几个驴友在那里喝酒聊天。头上悬挂的五彩经幡在风中噗噗地飞舞，前台门外的木鱼风铃发出脆响，这是渡口给我的第一印象——悠闲、静谧、有意境。

走进服务厅，被天花板上一块巨大的藏毯吸引，上面绘着好看的图案，吊灯外遮了一层五色的灯罩，时尚而不失藏族特色。偌大的休息区里，藏式沙发、藏式火炉、藏式灯笼、洁白哈达，让人无处不感受到浓郁的异域风情，书籍杂志、照片地图，应有尽有，丰富而精美。

上楼梯走到房间，一路的墙壁上都是驴友们的涂鸦之作和旅行感言，虽然凌乱倒也充满人情味。天台上有一个藏式酒吧，软软的沙发，无聊的时候可以窝在里面读书、上网、看电视。清早时分，坐在天台的靠椅上，抬头仰望近在咫尺的皑皑

渡口青旅的白墙上密密麻麻的涂鸦和留言

雪山，低头瞥见桌前怒放的娇媚鲜花，生活有时候就是可以这样慵懒和毫不费力。

相比之下，渡口的住宿条件就比不上外部环境的优雅和舒适了。我体验的房间是八人女生间，空间有点狭小，木制的高低床面对面排着，没有单独的储物柜，行李只能放在桌上或地上。屋子里有独立的卫浴，但设施有些陈旧，热水有时供应不及。洗漱池比较简陋，八人共用一个卫浴，到晚上就需要排队。

总体而言，渡口青旅有它的过人之处，也有不尽如人意的地方，但仍然是林芝地区值得一住的旅舍。就给四星吧。

# 通麦坟场历险记

三月，波密的桃花已经开了

当我战战兢兢、惊魂未定地来到林芝，时间已经是滇藏线搭车之旅的第四天了，回想起头天那场惊心动魄的通麦历险记，仍心有余悸。

我和驴友老蔡在西藏的八宿县搭上了李哥夫妇的自驾车，从八宿一路经然乌、波密到达通麦，行程300公里，一路风景绝妙，季节变化分明。

3月的然乌湖，大雪纷飞，冰封已解，沁出淡淡的翠碧，平滑如镜的湖面倒映着远处被雪雾笼罩的连绵群山，恍若梦境，绿树披上银装，枯藤挂满素白，天地之间一片苍茫，纯净胜雪。车子从然乌向波密进发的路上，雪化了，天晴了，绿浓了，花开了……成片的桃树星罗棋布地洒满绿野，粉嫩娇艳的桃花在枝头竞相绽放，迎着春光，那般动人。

如果说这一路走来的桃花白雪是为了给我的318旅途留下最后一次美好的记忆，那我便相信接下来的通麦天险之旅是为了断掉我再走318国道进藏的念头。

318川藏段一直号称中国最美的景观国道，然而在它美丽的背后却隐藏着巨大的危险，被称为"死亡之路"！悬崖、翻车、泥石流、塌方……一旦遇到，性命攸关，雨季更加凶险。

川藏线上最险的一段路就是通麦天险，在波密到林芝的中段，全长14公里，号称世界第二大泥石流群，也有人称之为"通麦坟场"，因为每年进出藏在这里坠下悬崖的车辆不在少数，一旦落崖连尸体都找不回来，所以路边飘荡着许许多多的五彩经幡，为逝者祈祷超度。

我们到达通麦检查站已是下午三点，阳光刺眼，紫外线强烈，空气中蒸腾着一股发酵的热气，让人心生焦躁。而更让人焦躁的不是天气，是堵车！百米开外已被堵得水泄不通。

李哥的车子小、底盘低，不敢载我们过通麦，我和老蔡跟小两口感谢道别后，背着沉重的登山包找车，最终找到一辆只

在没有遇到李哥前，我和老蔡搭了一辆藏族师傅的大卡车

剩一个座位的运货军车。老蔡把位置让给了我，自己又寻了一辆越野车。因为越野车小，可以通行，老蔡先走了，在鲁朗等我，这几天跟着老蔡一起搭车，一起吃一起玩，忽然落单了，心里还有点空空的。

等了两个多小时，下午六点，车队依旧纹丝不动。天色越来越暗，心里越来越焦灼，饥肠辘辘，忍不住跟峰子诉苦，峰子说："宝贝，没事了，以后有我陪着你，你不会孤单的。等过些天你来上海，我带你吃大餐去。"那一刻，我一心只想快点到拉萨，快点去上海，再也不一个人旅行了！

此时，一个兵哥哥走过来跟我说："姑娘，今天天太晚，我们不走了，你再去找找别的车吧。"我心里突然涌起一阵巨大的失落和恐慌，询问了几辆车不是满员就是拒载，那一瞬间我忽然觉得自己是个可怜虫，眼泪突然夺眶而出，泣不成声。而此时，天气也跟我作对，居然下起了雨。

通麦检查站早已排起长龙，一堵就是4个小时

维持秩序的警察大哥看我一个人哭得可怜兮兮，好心帮我找了辆藏民的大卡车，司机师傅叫桑珠，跑运输的，黝黑的皮肤，笑起来很憨厚。他看我哭得可怜，问我怎么了，我说我害怕！他问怕什么？我说怕死。他哈哈地笑了。

终于放行了，车子缓缓地向前挪动，又耗了一个小时，七点钟我们终于驶过了通麦大桥。这座长二百多米的木板桥承受着十多吨的重量有点吃力，不停地晃动、颤抖，我吓得不敢说话，直勾勾地盯着前方，生怕一个不留神就连人带车掉到江里。

当车子踏上通麦天险之路后我才发现，之前遭遇的一切委屈和波折跟这比起来简直就是不值一提！

天色越来越暗，雨也越下越大，惨白的车灯照射着路面。其实根本不能称之为路，全是粘腻的烂泥和坑坑洼洼的积水。

我胆战心惊地坐在车里，由于卡车底盘高，视野广，前方的路况看得一清二楚，只有五米左右宽的马路一边靠山，一边是悬崖，路边没有护栏，帕隆藏布江就在崖下奔流，车子万一不小心打滑或者方向失控，掉下去就会尸骨无存。

只见这十几吨的庞大身躯在狭窄的四五十度的上下坡山路上晃晃悠悠地颠簸着，身子也随着车的颠簸被晃得左摇右摆、前仰后翻、上弹下跳，比坐过山车还激烈！爬坡、俯冲、急转弯，再爬坡、再俯冲、再转弯……桑珠师傅在这样危险的路面上驾驶这么一个笨重的家伙居然还能做到这么老练，我不得不佩服他的胆量和车技。

我已经完全被吓得忘记了呼吸，右手死死地握着把手，左手紧紧地攥着拳头，牙齿狠狠地咬着嘴唇，紧张得我几乎不敢多看卡车漂移的全过程，太刺激了！完全超出我的想象范围。那一刻，我甚至做好了给爸妈和峰子留遗言的准备。

一路大雪纷飞，漫天飘洒的雪花把我们带入童话般的世界

　　真的，已经做好了死的打算！我想这次也许真的要栽在这了。

　　我想爸妈，想告诉他们，是我不好，不该总是一个人在外面玩，不顾他们天天为我担惊受怕，如果有来生，我还愿意做他们的女儿。

　　我想峰子，想见他，我还没有嫁给他，还没有给他生宝宝，我不想遗憾而死，我想见他告诉他如果我还活着，我再也不一个人旅行了，乖乖待在他的怀里就好。

想着想着，我把自己给感动得泪流满面，也许是被吓的。

想想也可笑，我竟然完全不记得两年前搭车走川藏线的时候是如何把这段鬼路走过来的！如果我早知道通麦天险如此可怕，打死我也不敢第二次搭车进藏！

天意弄人，车开了不到五公里又堵了，前不着村后不着店，只有两个藏族师傅打着手电冒雨指挥疏通。此时已是晚上八点，天色彻底漆黑，一片深得摸不到边的绝望，没有星星也没有月亮，只有手机里发出的微光，照在挂满泪痕的脸上，给我一丝温暖。饥肠辘辘的我在漫长的等待中敲下这段凶险的经历发到微信朋友圈，告诉他们如果明天我没有更新动态，记得清明给我烧点纸钱，我要吃烤鸡。

佩很快给我来电，问我还好吗？听到她的声音，我心情立刻激动起来，呜呜地抽泣着，她第一次见我哭得这么伤心，有点不知所措，我声音颤抖地说，"我没事，等我安全了再给你报平安。"

还有张小二、鸟叔、窦哥、洋洋、雅丹、范范、昌哥、晓蕾都给我留言，帮我求救，为我祈祷，我看在眼里，感激在心。

一小时后，狭窄的道路终于疏通了，车子继续行驶在崎岖泥泞的山路上。

黑夜或许也是有好处的，至少我看不见旁边的悬崖，看不见波涛汹涌的帕隆藏布江，只能看着前方，想象自己行驶在宽阔平坦的陆地上，来安慰自己！

约莫半小时后，车子终于开到了柏油路上，80迈，冲刺！我的心丝毫不敢放松，反而更加紧张。桑珠师傅一边开夜车，一边发短信，惊得我一身冷汗！

凌晨5点，我们跟着重庆大哥的车从鲁朗到八一

深夜十一点半，经过一天十七个小时的艰苦旅程，我终于平安到达了鲁朗镇，风飕飕，雪凄凄。老蔡哆哆嗦嗦来路口接我到旅馆，我放下行李，直接瘫倒在床上。老蔡说他坐的那辆越野车在途中几次熄火，把他吓得腿脚发软。哎，这两个不要命的家伙啊！

峰子来电话问我到了吗，安全吗，吃饭了吗，我忽然觉得好惭愧，为了自己所谓的自由洒脱，让多少人跟着我担惊受怕。此时此刻，劫后余生的我只想好好地睡一觉，做个美梦。梦中我和峰子结婚了，生了一对可爱的儿女，看着他们长大，我们一起老去，这该是多么美好的一生啊！

这便是我的通麦历险记。

有一点惊险，有一点感动，有一点彻悟。

我曾经非常固执地坚持一个观点：旅行就是一个人的事，一个人自由自在，无拘无束，不必因为好恶而迁就任何人，我可以随心所欲地欣赏风景，思考人生。

可这一次，我确定自己真的走累了，孤独了。我想这几年一直坚持独自旅行是因为我还没有找到一对可以让我放心依靠的肩膀，一双可以陪我共赴旅程的步履，所以才将心放逐在大自然的怀抱中，寻求短暂的依偎。而现在这个人我终于找到了，茫茫人海中，唯有他让我有了一种渴望安定的心绪，我更加确定了未来的方向，不是抵达一个人孤旅的尼泊尔，而是那个人温暖的心房！

# 林芝**悠游道**国际青旅

**34**

林芝八一镇，悠游道青旅就坐落在这片新区之中

青旅的大厅里有壁炉、照片墙

林芝悠游道国际青旅

八一新区的牦牛广场，从这里走到悠游道青旅只需五分钟

**推荐指数：** ★★★

**地理位置：** 西藏自治区林芝地区八一镇新区迎宾大道46号

**旅舍特色：** 悠闲吊椅、免费停车

**作者体验：** 女生六人间床位（40元）

**联系电话：** 0894-5822868

**设施和服务：** 免费Wi-Fi，书吧，旅游咨询，电视，自助洗衣，自助厨房，租用自行车，免费停车场，行李寄存

**房型和价格：** 集体宿舍会员价30元/床，非会员价35元/床；六人间会员价40元/床，非会员价45元/床；大床房会员价180元/间，非会员价200元/间

# 在悠游道青旅落单

　　**每**个人都知道三月的江南春暖花开，风景如画，但其实在偏远的藏区高原，也有一片春意盎然的世外桃源，这就是林芝。三月的林芝桃花遍野，花香四溢，是个难得的西藏"小江南"。正是为了一睹桃花烂漫的迷人风景，我第二次搭车进藏，入住八一镇的悠游道青旅。青旅位于八一镇新区，地理位置比较偏远，但喜欢安静的人或许更适合这里。

　　那天，我和驴友老蔡从鲁朗搭了一辆成都大哥的越野车到林芝，在加油站跟大哥告别后往青旅方向走，沿途经过牦牛广场，一只只健壮无比、憨态可掬的牦牛雕塑活灵活现，栩栩如生。我和老蔡计划在林芝待一天，到桃花村去赏花，第二天再一起杀到拉萨。可是，来到悠游道青旅办理入住时，老蔡改主意了，决定当天就去拉萨。

　　其实我心里对他的临时变卦有些不满，为什么说好的事情要反悔？我们从香格里拉一路结伴搭车到林芝，最后匆匆分开，连正式地道别都没有，难免有些情绪。

　　现在就剩我一个人孤军奋战了，多少有些失落。

　　跟老蔡分开后，我回到六人间闷头睡了一觉。这家青旅的床板又薄又硬，褥子垫得不够厚，被子只有薄薄一层，没有电热毯和空调，在不到10度的藏区高原很快就被冻醒，只能从其他床铺借一床被子御寒。醒来后，打算洗个热水澡，发现热水器是坏的，立刻对青旅的印象大打折扣。

　　虽然悠游道的硬件设施不理想，但有一个好处是大院子里可以免费停车，对于自驾西藏的驴友来说比较方便。还有一些长吊椅可供驴友们休息上网，闲来无事可以在院子里喝喝饮料、晒晒太阳、聊聊天，倒也安逸自在。服务区有书吧、壁炉、照片墙，是我认为最有特色的一个地方。

我对这家青旅的感受并不深，谈不上有多好，也说不出有多坏。何况在西藏这么偏远的地方，不能对住宿有太高的要求。综合来说，我给悠游道青旅三星。

青旅的大院子里可以免费停车、荡秋千、晒太阳

青旅的院子里餐厅、酒吧、商店应有尽有

# 35

# 拉萨东措
## 国际青年旅舍

你完全无法想象整个东措青旅有多大

**推荐指数：** ★★★★★

**地理位置：** 西藏自治区拉萨市北京东路10号（城关区政府对面）

**旅舍特色：** "疯人院"，免费洗衣，浴霸，涂鸦设计

**作者体验：** 阳光房女生四人间（35元/天）

**联系电话：** 0891-6273388

**设施和服务：** 免费Wi-Fi，书吧，电视，旅游咨询，免费洗衣，免费停车，餐厅，24小时热水，包车服务，行李寄存

**房型和价格：** 多人间会员价30元/床，非会员价35元/床；阳光房会员价45元/床，非会员价50元/床；韩式地铺会员价50元/床，非会员价55元/床；标准间会员价140元/间，非会员价150元/间

东措青旅的留言墙，贴满了寻人拼车的小纸条

## 东措青旅，拉萨的驴窝

住在东措，纯属巧合。原本电话预订的是平措青旅，却在抵达拉萨的当天被告知没有预订信息，房间已满。一怒之下我决定掉转方向，来到东措。塞翁失马焉知非福，如果没有来到东措，或许我还不知道原来这里是全国最大的青旅；如果没有来到东措，或许我还不知道这里是我住过的

拉萨东措青旅，位于繁华的北京路上

所有青旅中唯一一家可以免费洗衣的；如果没有来到东措，或许我还看不到那么漂亮个性的涂鸦设计，也不会在深夜和一群驴友玩杀人游戏……

我曾听说东措有一间著名的"疯人院"，一间屋子可以住下三十多个人，无法想象这个房间有多大。虽然这次我没有住进"疯人院"，但确确实实感受到了东措的大，大到站在走廊的一头喊另一头可以听见回声，大到可以绕着走廊骑单车骑一圈，大到每个房间只要装修一下就能变成一个二、三居室的家。

的确，东措给我一种家的味道，亲切的味道，天顶的图案、廊道的涂鸦、装饰的风格都充满了藏族特色，色彩绚烂，令人眼底生花。前台帅帅的服务生很幽默很搞笑，总爱跟住客开开玩笑，聊聊天。还有走廊和房间墙上满满的留言，每个人都说着自己的故事、对西藏的感悟、对爱情的迷茫、对生活的调侃。如果有心，你还能在墙上找到老乡、找到知己，很有意思，看一个月估计都看不完。

再说说东措的硬件环境。住过这么多的青旅，东措是为数不多我认为值得五星推荐的，因为其配套设施和服务虽然略微老旧，但是很齐全，而且周到，除了能免费洗衣，还能免费享受暖和的浴霸冲凉，这在严寒、物质稀缺的高原是种多么奢侈的享受！尤其是冬天，旅游回来洗一个暖融融的热水澡实在是太舒服的体验了。除了东措，我再没在任何一家青旅找到过这种待遇。

最后说说东措的地理位置。虽然它不像平措青旅占据着得天独厚的位置，但是也不差。东措离大昭寺、八角街、小昭寺都很近，步行三五分钟就到了，离布达拉宫稍远，步行约十五分钟，如果你是一个喜欢徒步、热爱折腾的人，来这里正合适。另外，青旅周边餐饮、泡吧、购物、银行、朝圣都很方便，还能拼车寻人一起游西藏，说不定就能找到你心目中的Mr.Right哦！

总之，我给东措五颗星，满分推荐！

# 在西藏做了一场梦

从西藏回到深圳之后，我一直觉得自己像做了一场梦，一场很长很久很不真实的梦：梦里有湛蓝的天空、洁白的云朵、高耸的雪山、清澈的圣湖、茂密的林海、神圣的佛祖，还有一群皮肤黝黑、穿着藏袍的朝拜者在磕长头，我跪在释迦牟尼面前双手合十，默默祈祷……

直到在西藏拍摄的照片重现在我眼前展现，我才确定自己不是在做梦，而是真的双脚踏上过那片圣洁的雪域高原。

回想十年前，当我第一次从好友雯的口中听说西藏这个地方时便着迷了，那时小小的我们便相约以后要一起去西藏。

夜色下光芒万丈的布达拉宫神圣不可侵犯

人山人海的雪顿节晒佛仪式，快被挤成了肉饼

　　十年，如白驹过隙，一晃我们都长大了，经历过各种悲欢离合，最终散落在天涯海角。我去云南找雯，她说她好想跟我一起去西藏，可是她走不开，让我带着她的心一起走。

　　于是，我踏上了一个人的西藏之行。

　　对于每一个向往西藏的人来说，它的意义都是不一样的。有的人纯粹是为了欣赏这里的美景而来，有的人是为了探究藏传佛教文化而来，有的人是为了哀悼自己逝去的爱情，还有的人是为了净化心灵、逃避现实……记得有人曾经说过，独自进藏的有三种人，一种是失业的，一种是失恋的，另一种是失常的。像我这样既失业又失恋的人独闯西藏，大概也是精神失常了吧！

　　我清楚地记得2011年8月，我第一次坐火车走青藏铁路到拉萨，踏出火车站后我望着远处纯净的蓝天白云，激动、兴奋，甚至有一点点心跳加速的紧张，不断问自己："我在做梦吗？我真的到西藏了吗？"那种极不真实的时空交错的幻觉直到我第二次走滇藏线到拉萨依旧存在。

龙王潭中的布达拉宫倒影身姿绰约，如梦境般飘渺

　　行走在拉萨，我觉得自己一直活在一场梦里，不愿醒来。这是一个跟我们生活的地方截然不同的城市，这里的一切都让人觉得既陌生又好奇：大街小巷里都是色彩艳丽、造型独特的藏式楼阁；随处可见的甜茶馆里时时刻刻都有三五藏民闲聊打趣，他们有着特有的黝黑泛红的高原肤色，身穿华美藏袍，手里都拿着一个转经筒旋转；经常可见到信徒们对佛祖坚定赤诚的磕头朝拜。

　　这里没有匆匆忙忙的脚步，没有神色凝重的思考，没有麻木冷漠的表情。走在拉萨的街头，时间仿佛是静止的，任由你挥霍的；脚步似乎是停滞的，随便你想停便停；阳光是充足的，所有人都能分享光明的喜悦；蓝天白云是亲密的，没有人

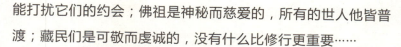

能打扰它们的约会；佛祖是神秘而慈爱的，所有的世人他皆普渡；藏民们是可敬而虔诚的，没有什么比修行更重要……

西藏就是这样一个神奇而特别的地方，令人着魔般不由分说地爱上他，迷恋他，信仰他。

在拉萨，我常去两个地方，一个是布达拉宫身后的龙王潭公园，一个是大昭寺。

我两度进藏，却从未进去布达拉宫里面参观，一来是旺季价格昂贵一票难求，二来是担心看不懂藏传佛教文化，走马观花还不如不看。索性每次就漫无目的地游荡到龙王潭公园，看碧波倒映着布达拉宫雄伟壮丽、凹凸有致的轮廓，与蓝天白云在池中共舞，静静地坐在潭边，怀念曾经在这里给我打电话的那个人。

沿着环绕布达拉宫的那条长长的转经路朝圣，几千只旋转的铜质经筒在风中发出嘎吱嘎吱的声响，也许是转的人太多，有些老旧了，反而更添一种朴质、古老、沧桑的怀旧感，脑海

虔诚的信徒

中突然模糊地想起仓央嘉措写的一首情诗《那一世》：

那一日，我闭目在经殿的香雾中，蓦然听见你诵经的真言；

那一月，我摇动所有的经筒，不为超度，只为触摸你的指尖；

那一年，磕长头匍匐在山路，不为觐见，只为贴着你的温暖；

那一世，转山转水转佛塔，不为修来世，只为途中与你相见。

……

我为仓央嘉措这份虔诚的精神所震撼，也为这份执着而珍贵的坚持而感动，如果当初那个人哪怕只是多给一点时间关心我，我们又何至于一个负气出走，一个追悔莫及呢？那些在风中摇摆的经筒啊，是否能听到我心底的呼唤，带我神游那片只有幸福而没有悲伤的世界？是否能够带我回到前生，穿越来世，看看究竟是谁与我"缘定三生"？

有时候在龙王潭坐到日落西山了，我便会沿着北京东路一直走到大昭寺，无论早晨、下午还是晚上，这里总会有熙熙攘攘的藏民们绕着寺庙顺时针朝圣，那些驻守在大昭寺门前磕长头的信徒们，每天也是乐此不疲地重复着同一个动作，磕到额头出血、手脚生茧依然虔诚地如完成一件终身使命般执着。

每天黄昏，我都会坐在大昭寺前那面有名的艳遇墙根下，什么都不做，只是看着他们，一个又一个地磕着头，丝丝拉拉、此起彼伏的磨地声就像倒计时的秒钟一样，磕了一个，就少了一个。我不知道这些藏民们一辈子有没有磕到亿万个长头，也不知道他们一生要磕多少个才能得六道轮回之解脱，我只知道当我看到他们如此这般虔诚地信仰着佛祖，我对他们充满敬佩。那种苦，不是一般人能够承受的。相比之下，我的那点感情纠葛又算得了什么呢？我想每个人都有选择生活方式和人生追求的权利，只要在他们认为，他们这样做是幸福的、满足的，就够了。

当两年后的2013年3月，我带着一份全心全意的爱情再次造访拉萨，去寻找那熟悉的艳遇墙时，却意外地发现艳遇墙已经不在了，心里好生遗憾。如今的拉萨，大街小巷都在破土、修路、建设，沙尘弥漫，交通不便。

我不知道拉萨将会变成什么样子，只是希望历史的发展、经济的腾飞不要将这里的朴实变得世俗与势利，保留下这里最

波光粼粼的羊湖，像星光璀璨的银河

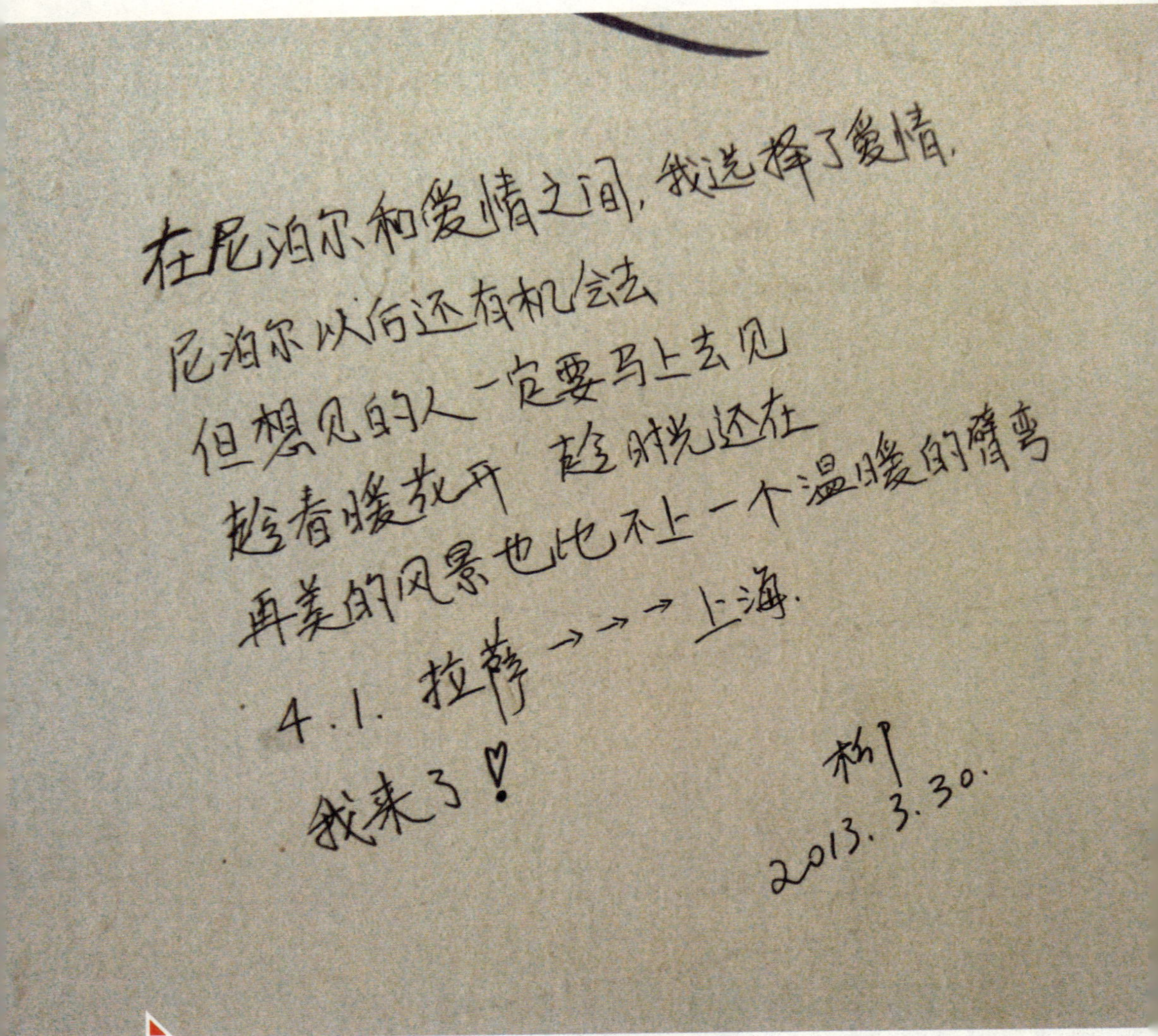

在尼泊尔和爱情之间，我选择了爱情，

尼泊尔以后还有机会

但想见的人一定要马上去见

趁春暖花开  趁时光还在

再美的风景也比不上一个温暖的臂弯

4.1. 拉萨→→→上海.

我来了！

柳门
2013. 3. 30.

再美的风景也比不上一个温暖的臂弯

美好的一切，哪怕十年、几十年过去，回到这里，我们依旧会想起当初那份感动与挚爱。

我相信许多年过去了，我依旧会想念曾经在甜茶馆里跟我聊天的藏族阿妈，想念在大昭寺前冲我傻笑的两个磕长头的小家伙，想念陪我一起参观西藏博物馆的慕容，想念一起去纳木错看日落的茶姐、倾城、王子、史泰龙、小卓玛，想念雪顿节那天一起徒步哲蚌寺看晒佛的柒哥、阿布、阿森，想念陪我搭车走滇藏线的老蔡，想念在羊卓雍错相识的同是天涯孤单人的东北大妞小雨和卷毛倩……

我相信西藏留给我的绝不仅仅只是一张张美到令人窒息的照片，更多的是这里的一份情，一份思恋，一份动容。

在离开拉萨之前，我在房间的涂鸦墙上写下了这么一段话：

在尼泊尔和爱情之间，我选择了爱情

尼泊尔以后还有机会去

但想见的人一定要马上去见

趁春暖花开

趁时光还在

再美的风景也比不上一个温暖的臂弯

……

再见，西藏！

再见，一个人的旅行！

爱情，我来了！

# 后记

## 旅行，以爱为终点

8个月的时间，我实现了25年人生中最疯狂的梦想。

3个月的时间，我完成了25年人生中第一本关于旅行的书。

1个月的时间，我做出了25年人生中最正确的决定——嫁给他！

人们都说，25岁是女人生命中的一道坎儿，从这天开始，你不再是一个有资格任性妄为的小女生，你要开始懂得成熟、现实、家庭和责任。

23岁那年，第一次踏上一个人旅行的列车，我就知道，要趁着尚未嫁作人妻的年龄，赶紧去做一件自己想做的、能做的、可以回忆一辈子的事，否则就来不及了。

于是，之后三年，我断断续续地走在路上，背着几十斤重的背包，住青旅、睡沙发、躺网吧、坐火车、搭便车、骑单车，受过伤、流过血、流过泪，为的就是暂时摆脱现实，去看一看外面的世界，寻找另一个自己。

终于，我所剩无几的青春在肆意的挥霍中一点点消逝，我也从一个初出茅庐的小丫头，变成了即将在25岁步入婚姻殿堂的小女人，这个改变，在我的意料之中，也在计划之内。

我想，人的一生，无论贫富，总要有一次没有压力、没有负担、没有约束、没有烦恼、只属于自己一个人的旅行。把所有想看的风景看够，把所有想吃的美食吃遍，把所有想走的地方走完，把所有想见的朋友见到。然后，没有遗憾地开始人生另一段必经的旅程。

旅行是一件让人心情愉悦、增长见识、受益匪浅的趣事，行走在路上，渐渐的，你会对这个世界、人生、自我开始重新认识和思考。你曾经执着追求的房子、车子、名利、地位，通通变得不再重要；你曾经认为放不下的人和事也会随着心胸的宽广而变得无足轻重；你曾经循规蹈矩、墨守成规的生活也变得丰富多彩起来；就连你曾经被固化的思维模式和观念都会变得与众不同。到那时候，你会发现，你的整片天空都亮了。

这就是旅行的意义和好处。

朋友问我：旅行结束后最大的收获是什么？

我说，是爱。

这个爱，并不仅仅是男女之间的爱情，还有亲人的爱，朋友的爱，乃至陌生人的爱。

我每一次的出走，心里最愧疚的就是让爸妈整天为我担惊受怕，而我，却一个人在外面逍遥。他们给我的爱，是最无私的，也是最容易被忽略的。所以，在这里，我要跟他们说一句："爸妈，对不起，谢谢你们一直以来对我的包容与体谅，我爱你们！"

很喜欢这样一句话，"年轻时的流浪是人生的养分，而很多人的旅行是一生的回忆。"在我的漫漫旅程中，有太多伸手帮助过我的朋友和陌生人，也结识了不少志趣相投的好伙伴，没有他们也许我的旅程将无法继续。在这里，太多想要感谢的人，我无法一一列出，但是我相信他们能够感受到，这其中，也有你。感谢你们让我的旅途充满了各种故事和惊喜，它们将变成我生命的养分和一生的回忆。

当然，我还要感谢一个人，把我从一个婚姻恐惧症的重度患者变成了渴望家庭生活的幸福小女人。峰子说，以后的旅途有我陪你一起走，这样你就不会孤单了。我说，一言为定！

所以，未来，我还会继续行走，带着年少时"环游世界"的梦想，去东南亚、去非洲、去欧美、去大洋洲、去南北极，去每一个我想去的地方。但是，这个梦想将不再是由我一个人去完成，而是两个人，甚至三个人、四个人，我们要带着宝宝一起环游世界！

想起王菲的《红豆》，林夕谱的词，"等到风景都看透，也许你会陪我看细水长流。"

我想应该改一改，"等到风景都看透，我们还在一起看细水长流……"

旅行，以爱为终点。

杨　柳

# "游记系列"丛书

"YouJixilie"congshu

《悠闲慢旅行》

《路人甲》

《十年旅行》

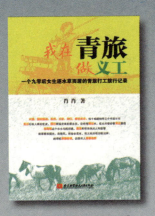

《我在青旅做义工》

《阳光下的清走》

《一个人旅行直到世界尽头》

《背着家去旅行》

《搭车旅行：那些边走边晃的日子》

《向世界进发》

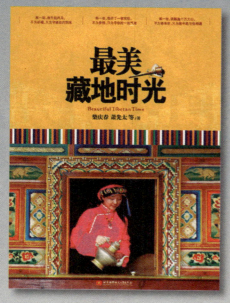

《最美藏地时光》

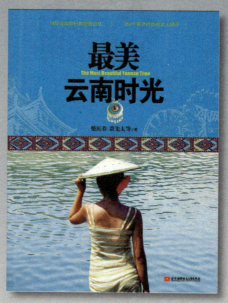

《最美云南时光》

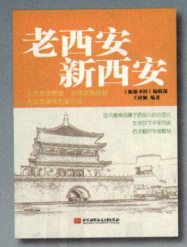

《老西安新西安》 《老上海新上海》 《老北京新北京 2012-2013》

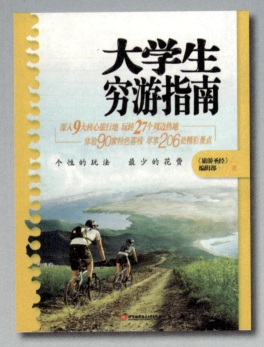

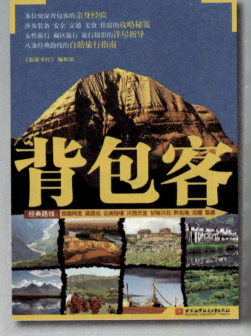

《大学生穷游指南》 《背包客》